Ezawa & Ubukata
「左隣にいるひと」

だが江沢は生方の手首を掴むと、
それを遮るように引き留めた。

「……いい」

「でも…」

「いいから、ちょっと……膝貸せよ」

するずると再びその場へ座り込んだ生方の膝の上に、
江沢の頭がことりと乗せられる。

（本文P.179より）

Chara

左隣にいるひと

可南さらさ

キャラ文庫

この作品はフィクションです。
実在の人物・団体・事件などにはいっさい関係ありません。

目次

左隣にいるひと……5
右隣の恋人……121
恋人たちの休日……235
あとがき……248

口絵・本文イラスト／木下けい子

左隣にいるひと

電車の窓から目をやると、夜空にぽっかりと白い月が浮かんでいるのが見えた。

『月って手を伸ばしたら、なんだか掴《つか》めそうだよね』とそんな話をいったいいつ、誰としたんだったっけ？

遠いどこかで耳にした、懐メロかもしれない。

そんなことを思いながら端っこがやや欠けた月をぼんやりと眺めているうちに、やがて電車は軽いきしみ音をたてて、目的の駅へと滑り込んだ。

前回、帰省してからこの地に戻るのは約半年ぶりか。

江沢慎《えざわしん》が高校卒業を機にこの地を離れてから五年以上経つが、帰省するたび、故郷の劇的な変化には驚かされている。

木造の改札だった駅は、いつの間にか三階建ての立派な駅ビルへと建て替えられていたし、小さな商店街しかなかったはずの駅前通りも、四年ほど前に建てられたショッピングモールのおかげで、かなりの賑《にぎ》わいを見せていた。

「よっと…」

様変わりしたロータリーで、江沢は小さなボストンバッグを片手にきょろきょろと辺りを見回した。

妹の芹菜《せりな》が車で迎えにきてくれると言っていたはずなのだが、姿が見えない。

駅前には市内を巡る巡回バスや、タクシー乗り場の看板も出てはいたものの、残念ながら今はすべて出払っているらしく、一台も停まっていなかった。

さて、どうしたものか。

「江沢」

そのとき、ふいに響いてきた声に、江沢はどきりと胸が高鳴るのを感じた。

少し低めの落ちついた甘い声。

かつてすぐ隣で耳にしていたものと、よく似た響き。

……まさか。そんなこと、あるはずもないのに。

「江沢。こっち」

再び名を呼ばれておそるおそる顔を向ける。するとその視線の先に思いがけない人物を見つけて、江沢は大きく目を見開いた。

すっとした高い鼻梁《びりょう》。

柔らかそうな猫っ毛に、左目の下にはぽつりと小さくついた泣きボクロがひとつ。

――嘘《うそ》だろう。

記憶の中と同じ、なにか物言いたげな優しい瞳が、あの頃と変わらずこちらをじっと見つめていた。

江沢が無言のまま立ち尽くしているのを目にして、不安になったのだろう。目の前の男は慌てたように『あ、あの…』と小さく首をかしげると、やがて困った様子で口を開いた。

「江沢？　えっと……、もしかして俺のこと忘れちゃった？」

なにをバカなことを。

……忘れるわけないだろう。

中学から高校を卒業するまで、誰よりも自分の隣にいた人物だ。

卒業してからは一度も顔を合わせてはいなかったが、江沢にとって生方佳人《うぶかたよしと》はそう簡単に忘れられるような存在ではなかった。

「…生方」

ぼそりと江沢がその名を呟《つぶや》くと、彼はようやくほっとしたように息を吐いた。

「よかった。……もしかして久しぶりすぎて、本気で顔まで忘れられたのかと思った」

言いながらくしゃりと笑ってみせた笑顔。それに、もうとっくに忘れたと思っていたはずの古傷がツキリと痛む。

知り合った頃から変わらない、整った甘い顔立ち。それは年月を重ねて、ずっと大人っぽくなってはいたものの、その茶色い瞳の色も、笑うたびになくなりそうなほど細くなる目も、なにひとつ変わっていなかった。

「生方。どうして、お前ここにいるんだ？」

「えっと、芹ちゃんから頼まれてきたんだ。ちょっと店のほうが忙しいらしくて、手が放せないからって」

「いや……、そうじゃなくて」

自分が聞きたかったのは、そういうことではない。

――どうしていきなり、俺の前に顔を出す気になったんだ。

この五年、まるで透明人間にでもなったみたいに、一度も顔を見せなかったくせに。

「お前、なんで急に…」

江沢が再び口を開きかけたそのとき、江沢の背後から突然パパーと激しいクラクションが響き渡った。

どうやらここはバスの降車場近くだったらしい。バスの運転手が、迷惑そうな顔をしてこちらを見下ろしている。

生方はそれに慌てたように、道の端に停めてあった車を指さした。

「あの、ともかく家まで送っていくから、とりあえず車に乗ってくれると嬉《うれ》しいんだけど…」

「……」

「一応、今まで一度も事故を起こしたことはないし、安全運転を心がけるから」

言いながら助手席へと回りこみ、その扉を開いてみせる。

さすがにそこまでされてしまえば、『遠慮する』とは言い出しにくく、江沢はしぶしぶながらも、目の前の車に無言のまま乗り込んだ。

これがかつて親友だった懐かしい男との、五年ぶりの再会だった。


「これって、芹菜の車だろ」

たしか、先月の電話で新車を買ったばかりだと話していたはずだ。それを思い出して問いかけると、生方はシートベルトを締めながら小さく頷《うなず》いた。

「うんそう。よくわかったね」

「お前みたいな大男が、こんなシルバーピンクのミニに乗ってたらきもいだろうが」

後部座席には、ご丁寧に熊のぬいぐるみまで並んでいるのだ。これが生方の趣味なのだとしたら、ある意味すごいと思う。

「はは。それもそうか」

だがそんな失礼な発言にも、相変わらず目を細めただけで笑って許してしまう男に、江沢はふいと視線を外して窓の外を眺めた。

……嘘だ。彼のことを気持ち悪いとか、そんな風に思ったことは一度もない。

だがいまさらその言葉を訂正するきっかけも摑めないまま、江沢はゆっくりと走り出した車の外を眺める振りをしつつ、久しぶりの友人の横顔をこっそりと盗み見た。

――なんだかおかしな気分だ。

当たり前の話だが、自分は高校までの生方しか知らない。

ぷつりと途切れた記憶の向こう側では、濃紺のブレザーを着て、目を細めて笑っている制服姿の彼しか思い浮かばなかった。

それがいつの間にかこうして、手慣れた手つきで運転までしているのだから、月日の流れとは不思議なものだ。江沢が都内で過ごしていたこの五年の間に、生方のほうでもちゃんと時間は流れていたのだと改めて知らされた気がして、それが妙に遠く感じられた。

「生方。お前、たしか大学院に通ってんじゃなかったっけ？　まだ夏休みには早いんじゃねーの？」

生方は高校卒業後、県内にある私立大学へ進学した。

そうしてそのまま大学院へと進み、現在は大学で遺伝子工学の研究をしていると聞いている。

その彼が、まだ夏休みに入るには早すぎるこの時期に、なぜ運転手まがいのことをやらされているのか。

理由がわからず問いかけると、生方はちらりとこちらに視線を向けてきた。

「ああ…ちょうど今、試験休みなんだ」

「……せっかくの休みを、芹菜に顎《あご》でこき使われてんのか。相変わらずだな」

呆《あき》れた口調で告げると、生方はその口元を緩めながら、『そう？　江沢も変わりがなさそうでよかったよ』と目を細めた。

それに、零《こぼ》れそうになる溜《た》め息《いき》をぐっと飲み込む。

……今のは嫌味だっつーの。

天然なのか、鷹揚《おうよう》なのか、いまいち計りかねるおっとりとしたその性格は、子供の頃からあまり変わりがない。

江沢はこれまで生方が声を荒らげて怒ったり、激しく感情を高ぶらせたりしている姿というのを、ほとんど目にしたことがなかった。

その上、かなりのお人好しで、特に子供や老人には弱く、頼み込まれると嫌とは言えない。

そんな生方の高校時代のあだ名は、『天然王子』だった。少しおっとりとしてはいるものの、この見た目にお人好しな性格ともなれば、近隣の女性たちからモテまくるのも当然の話である。

だが生方自身は、どんな女の子から告白されても、決して軽々しく『うん』とは口にしなかった。

元来お人好しのくせに、そういうところは流されず、一人一人馬鹿丁寧に『ありがとう。その気持ちはすごく嬉しいです』などと礼を言う。

それでも最後はきちんと断るのだ。いい加減な気持ちではつきあえないからと。

そうしてから、『お待たせ』と江沢の隣に戻ってくる。

そのことが江沢に、ほんの少しだけ優越感を与えてくれていた。

生方が最後に選ぶのは、その辺のよく知らない女の子たちなどではなくて、自分の隣なのだと。

――そんなありえもしない幻想は、江沢だけの身勝手な思い込みでしかなかったと、この五年の間に、嫌というほど思い知らされたけれど。

「江沢は仕事が大変そうだね。おばさんたちも心配してたよ。忙しすぎて、いつ電話しても捕まらないって。やっぱり社会人ともなると、いろいろと大変なんだろうね」

「……新人なんて、みんな似たようなもんだろ」

江沢は大学卒業後、それなりに名の通ったＩＴ企業へ就職していた。

幸いなことに希望していた営業部へと配属されたものの、入社したてのぺーぺーなんて、扱いはいわゆる便利屋でしかないとすぐに思い知らされることになったが。

上司の手足となってコピーや資料作りに奔走し、研修という名の出張とメンテナンス作業に明け暮れる。顧客からの苦情には必死で頭を下げて回り、心にもないおべっかと飲み会の盛り上げ役にも慣れた頃、ようやく一年目が終了した。

二年目に入ってからは、多少は大事な案件も任されるようになってはきたものの、いまだに顧客のメンテナンスや苦情係がメインの仕事で、これをやりとげたといえるような大きなプロジェクトには関われていない。

大学から続いていたはずの彼女とも、忙しさのうちにすれ違い、去年のクリスマス前には自然消滅してしまっていた。

おかげでせっかくの夏休みだというのに、なんの予定も入っていない。

それどころか、実家に戻ってただぼうっと過ごすことくらいしか、やりたいことが思い浮かばなかったのだから、我ながら呆れてしまう。

要するに、江沢は忙しすぎる毎日に少しばかり疲れていたのだ。

「……俺よりも、お前のほうこそ小難しい研究が忙しくて、大変なんだろ。先月も学会だか教授のお供だかで、サンフランシスコまで行ったんだってな」

顧客に頭を下げるのが仕事みたいな自分などよりも、やりたい研究に没頭し、あちこち飛び回っているという生方のほうが、よっぽど充実しているように見えてしまう。

だがそう切り返した途端、驚いた様子でこっちをまじまじと見つめてきた生方の視線に気づき、江沢は思わず眉《まゆ》を寄せた。

「……なんだよ？　前見て運転しろよ。危ないだろうが」

「いや……なんか江沢が、俺のことを知っててくれてるとは思わなかったから…」

「はぁ？　別に……わざわざ調べたとかじゃねーよ。ただ芹菜やうちのお袋が、電話してきてはお前のことまで、聞きもしないうちにべらべらと話していくから。それでこの間も、ちょうど耳にしただけで…」

「うん。それでもなんか嬉しいなと思って」

――よく言うよ。

思わずギリと奥歯を嚙《か》み締める。

この五年、自分とは一度も連絡を取らず、顔すら合わせなかったくせに。

そのくせ江沢が自分の近況を知ってくれていたことが嬉しいのだと、てらいもなく喜んでみせた友人に、江沢は言葉もなくぷいと視線をそらせた。

それきり黙り込んでしまった江沢に釣られたように、生方もまた無言のまま車を走らせる。

駅近くの住宅街を抜けてしまえば、さすがに昔と変わらぬ田園風景が広がって、それが江沢のささくれだっていた心を少しだけほっと和ませていく。

電灯も少ない田園風景はかなり薄暗いはずなのに、なぜか今日は遠くまで見渡せた。

満月が近くて、月が明るいせいだろうか。

「今日はすごい、月明かりが綺麗《きれい》だね」

どうやら、生方も同じことを考えていたらしい。独り言のように漏らされた生方の声に、なぜかきゅうと胸の奥がねじれるみたいに切なくなった。

まるで昔みたいだ。あの頃は空気みたいにいつも隣に生方がいて、お互い同じことを考えていると、傍にいるだけで伝わってきた。

いつから、そんな風にならなくなったんだろう？

生方の声など聞こえなかった振りをして、空に白く浮かんだ月をじっと眺める。

……なぜかふいに思い出してしまった。

『月って手を伸ばしたら、なんだか摑めそうだよね』

遊びやくだらない話に夢中になって、遅くなった学校の帰り道。

一緒に月を見上げて、そう密やかに笑っていたのは、たぶんあの頃も隣にいたはずの生方だった。


「あ、おかえりなさーい」

カランカランと扉につけたカウベルが鳴り響くと同時に、カウンターの中から妹がひょこりと顔を覗《のぞ》かせた。

カウンターを入れても約二十席ほどしかないこの店が、母と妹の城だ。

父を病気で早くに亡くした後、母がはじめた小さな店だったが、地元の無農薬野菜と手作りケーキが食べられる洋食屋として、それなりに繁盛している。

ご当地グルメの本などにも掲載されたおかげか、最近では都内からの観光客がわざわざ車でやってくることもあるらしい。

今も店内のテーブル席はすでに女性客でいっぱいだったため、江沢は空いていたカウンター席に腰を下ろした。

「芹菜。お前、自分で迎えにこられなくなったんなら連絡くらいしろよ」

「しょうがないじゃない。急にママの持病が出ちゃったんだもん」

「はぁ？　それでお袋は？」

昔から腰痛持ちである母は、ときおり起き上がれなくなることがある。

普段から気をつけてはいるのだが、季節の変わり目になると腰の痛みがひどくなり、何日か寝込んでしまうこともあった。

「ママのことなら大丈夫。さっき生方君に整体に連れて行ってもらって、今は家で寝てるから。明日からは店に出られそうってはりきってたしね」

「言ってくれれば、タクシーでもなんでも捕まえたのに…」

「ママがあんまり心配させたくないから、兄貴には言うなって。でもまぁ別にいいじゃない。生方君が代わりに迎えに行ってくれたんだしさ」

そう言ってあっけらかんと笑った妹に、江沢は思わず眉を寄せた。

「お前は……なにかあるとすぐ、生方に甘えるんじゃない。それに生方。お前も芹菜のワガママになんか、いちいちつきあってんなよな」

言いながら、一緒になって店までついてきた男へちらりと視線を向けると、生方はその顔に人の良さそうな笑みを浮かべてにこっと笑った。

「別に芹菜ちゃんはワガママじゃないよ。今日だって、お客さんが多くて大変そうだったから、俺が代わりに迎えに行くって言ったんだし。それに俺は一人っ子だったから、芹ちゃんみたいな可愛《かわい》い妹って、ずっと欲しかったしね」

「…あっそ」

そういうことを、計算ではなくこうしてぺらっと言えてしまうところが、この男のすごいところだ。

これで本人には口説いているつもりも、タラしているつもりもないのだから、それに気づかず、彼の言動にめろめろになっている女の子たちは気の毒だとすら思う。

「生方君。今日は本当にいろいろとありがとうね。助かっちゃった」

「こっちこそ、芹ちゃんとおばさんには、いつも美味《おい》しいご飯をごちそうになってるし。それに……久しぶりに江沢の顔が見られて、嬉しかったしね」

「そっか。そういや年末に兄貴がこっちに戻ってきてたとき、生方君のほうが海外に行ってたんだっけ？　ってことは、顔を合わせるのも一年ぶりくらいとか？」

「うん、まぁ……そうだね」

生方の返事に、芹菜は『ひゃー、本当に？』と驚いていたが、一年ぶりどころか、実は高校を卒業してから一度も会っていなかったと知ったら、腰を抜かしそうだ。

「でも兄貴も、もうちょっとまめに帰ってくればいいのにね。ママなんか、兄貴よりもときどき顔を見せてくれる生方君のほうを、実の息子みたいに思ってるみたいよ」

「……悪かったな。親不孝な薄情者で」

なにも知らないとはいえ、無邪気な妹の言い分には少しだけカチンときた。

……本当に薄情者なのは、今そこでにこにこ笑っている男のほうだっつーの。

なのに自分のほうが薄情だなどと言われるのは納得がいかずに、江沢はぶすっとした表情で立ち上がった。

「今日はもう疲れたから、家に帰って寝るわ」

「え？　兄貴、夕飯はどうすんの？　ビーフシチューとかならすぐ出せるけど…」

「いや、新幹線の中で軽くサンドイッチとか食ってきたからいい。芹菜、お前も店じまいしたら、気をつけて戻ってこいよ」

家に戻るとはいっても、店から家までは歩いて五分といったところだ。

「……生方も、せっかくの休みのところ迎えにこさせて悪かったな」

一応、送ってくれた生方にも礼を言って足元のボストンバッグを手に取る。だが店を出ようとしたそのとき、なぜか彼までもが一緒になって立ち上がった。

「どうせだから、家まで送ってくよ」

「は？　おい、ちょっと待て」

止める声も聞かずに江沢の荷物を奪うと、『芹ちゃん、じゃあまたね』と手を振って出て行ってしまったその背中を、慌てて追いかける。

「……生方。お前、なにやってんだよ。俺は女じゃねーんだぞ」

「知ってるよ」

「なら別に送ってくれなくてもいいって。それに……荷物も返せよ」

「でも本当に久しぶりだし、荷物持ちぐらいさせてよ。江沢、疲れてるんだろ？」

まるで女の子に対するような態度を見せる男に、戸惑いを隠せなくなる。

だがいくら『そんなことしなくてもいい』と言っても、頑として『いいから、送らせて』と譲らない生方に、結局最後は江沢が折れる形で黙ってついていくしかなかった。

……まったく。なにを考えているのか。

これまでさんざん人を避けまくっていたくせに、いきなりやってきては荷物持ちを買って出た男のことが、ますますわからなくなってくる。

――だいたいなんで今になって、いきなり会いに来たりしたんだ。

そう問いかけてみたい気もしたが、久しぶりに感じる懐かしい空気を壊したくなくて、江沢はむっつりと黙り込んだ。

「おばさんの腰、早く良くなるといいね」

「……まぁ、いつものことだけどな」

「駅前のロータリー、またかなり変わってたでしょう」

「ああ。……昔はファミレスなんか大通りに一軒しかなかったもんな」

「近くに大きいショッピングモールができてから、この辺りも宅地化計画とかが進んだんだよ。結構新しい大型マンションなんかも建ったりして、すごい人が増えたんだよね」

「へぇ…そうなのか」

まるで沈黙を恐れるみたいに、珍しく生方が饒舌《じょうぜつ》になっている。

高校時代は、江沢がもっぱら話し役で、生方はいつも隣で目を細めては、『うん。うん』と聞いてることが多かったのに。

それでも、こんな風にどうでもいい会話をしながら通りを歩いていると、まるで五年前に戻ったような、そんな錯覚すら覚えてしまう。

そうこうしているうちに、やがて懐かしい我が家へと続く曲がり角が見えてきた。

この曲がり角を曲がったすぐのところが江沢の家で、そのまままっすぐつき進んだ先に生方の家がある。

学生時代はいつもこの曲がり角で別れるのが、決まり事のようになっていた。

「今日はサンキューな。……助かったよ」

立ち止まり、手を差し出してボストンバッグを受け取る。そのとき、ふと『……俺のほうこそ、ありがとう』と小さく囁《ささや》く生方の声を、聞いた気がした。

「え？」

迎えにきてもらった上、荷物持ちまでさせてしまったのはこちらのほうだ。

なのになぜ生方から礼を言われるのかがわからなかった。

小さな外灯の下で、生方と目が合う。生方が眩《まぶ》しそうに目を細めると、その目元にある小さなホクロまでもが微《かす》かに揺れた気がした。

「……なんでお前が礼なんか言うんだ？」

訳がわからず尋ねると、生方は困ったように口端を歪《ゆが》めて小さく笑った。

「……もしかしたら、江沢は俺とは二度と、話もしてくれないかなって思ってたから…」

苦く笑って呟かれた小さな囁きに、どきりとした。

――もしかして、生方もこれまでずっと気にしていたのだろうか。

自分は相手から、避けられているのかもしれないと。

「…んなわけねーだろ」

そう思った瞬間、頭で考えるよりも先に言葉が口をついて出ていた。

本当に、そんなつもりではなかった。

だがこの五年、相手から避けられているのかもしれないという気まずさから、江沢自身も積極的に生方と連絡を取ろうとしなかったのも、また事実だった。

理由も言わずに離れていった親友に、すっかり腹を立てていたというのもある。

地元を離れ、都内の大学に通いはじめてからも、生方の存在は抜けない棘《とげ》のように江沢の胸の深いところに残ったまま、忘れ去ることもできずにいた。

そのくせ自分から歩み寄る一歩を踏み出すこともできず、日々の忙しさを理由に、ずっと見ない振りをしてきたのだ。

「だいたい、人がこっちに戻ってくるたび、いつも研修だなんだって慌ただしくて、顔も見せにこなかったのはどっちだよ」

「はは…。そうだね」

「そのくせ人のことを、友人の顔すら忘れた人でなしみたく言うんじゃねーよ。いくらなんでも、俺はまだボケたりしてねーぞ」

それに生方は俯《うつむ》きがちに『うん…。ごめん』ともう一度ぽつりと呟いた。

「それと。すごいいまさらだけど。……俺のほうこそ、知らなくて悪かったよ」

「え？」

「お祖父《じい》さんのことだよ。……葬式にも行けなくて」

生方は、一緒に暮らしていた祖父を二年ほど前に亡くしている。

それを江沢が知ったのは、彼の葬式が済んでから半年以上も経ってからで、江沢はちょうど学期末試験と就職活動の真っ最中だった。

「え、いや、それは本当に気にしないでよ。親族以外は誰にも知らせるな。家族葬だけで静かに見送られたいって言い張ってたのは、じいちゃん本人なんだし」

生方の祖父らしい、さっぱりとした遺言だ。

頑固で口数は少なかったが、生方とよく似た優しい眼差しがとても印象的だった。

いくら疎遠になっていたとはいえ、その話を母から聞かされたときはかなりショックだったが、一緒に暮らしていた生方はもっとショックだったに違いない。

わかっていたのにそれでも会いに行かなかったのは、いまさらなんだと言われるのが怖かったからだ。

それだけ自分は臆病者だったということだろう。

「それに江沢、帰省するたびよくお墓参りに来てくれてたよね？　綺麗な花が置いてあった。……ありがとう」

「あれは、お袋が持ってけって…」

「うん。それでも嬉しかった」

そう言って目を細めた生方は、優しい表情をしていた。よく彼の祖父と一緒にいたときに見せていたような。

そうして、すっかり湿っぽくなった空気を吹き飛ばすかのように、生方はにこりと笑った。

「あのさ。江沢は、どれくらいこっちにいる予定？」

「まぁ……お袋の腰も心配だし。有休も消化しなきゃいけないから、たぶん一週間くらいかな」

「そっか。……なら、よければその間に一度、飲みにでも行かない？」

「へ？」

いきなりのお誘いに、面食らう。

江沢が黙りこんでしまったことで、ためらっているとでも感じたのか、生方は慌てた様子で、再び口を開いた。

「え、ええっと、隣町にいいお店があるんだ。居酒屋なんだけど、鍋物とかご飯物系がすごく美味しくて。ほら、山口《やまぐち》や寺田《てらだ》なんかも前からみんなで一度集まって飲みたいなって、話してたから」

高校時代の懐かしいメンツの名を出されて、自然に『ああ、そうだな』と頷く。

それにほっとしたように生方は胸を撫《な》で下ろすと、『…じゃあ。また』と手を振った。

「ああ…またな」

手を振る生方に、江沢も手を振り返して角を曲がる。

送ると言った以上、江沢が家に入るまで見届けるつもりなのか、生方はその曲がり角で立ち尽くしたまま、じっとこちらを見つめていた。

こんな風に、次の約束を交わして別れるのも、いったいいつぶりだろうか。

それになんだか脇腹がくすぐったくなるような、懐かしい気持ちがじわじわとこみ上げてきて、江沢は照れくささを誤魔化《ごまか》すように、もう一度、おざなりに彼に向かって手を振った。

「よう」

「おう。久しぶり」

群青色の暖簾《のれん》の下で、先に来ていた友人達が江沢に気づいて手を上げた。

がっちりとした体格で柔道部のエースだった寺田と、小柄な山口がそうして並ぶと、学生時代もよく凸凹コンビと言われていたことを思い出し、つい笑ってしまう。

高校時代はここに生方も加わって、よく集まっては四人で遊んだ。

寺田の家が高校の近くにあったため、放課後に上がり込んでは戦利品の駄菓子をかけて真剣にテレビゲーム大会をしたり、ボールが見えなくなるまで近くの河原でキャッチボールをやったりしたものだ。

今から思えば、あれこそがなんてくだらなくて、たまらなく懐かしい青春の日々だったことか。

寺田は高校卒業後すぐ実家の酒屋を継ぎ、今では親父さんと一緒に配達をしながら元気に働いている。教育学部に進学した山口は、昨年、教職員採用試験に無事受かり、現在は地元の小学校で教師の職についていた。

「生方は？　今回の発起人がまだ来てねーじゃん？」

山口の言葉にどきりとする。

たしかに『七時に、隣町の居酒屋で』と指示してきたのは生方のくせに、当の本人の姿はいまだに見えなかった。

「ああ。なんか、いきなり大学の教授に呼び出されたとかで、遅れるとさ。さっきメールがきてたから、先に中に入ってようぜ」

「なんだよ。言い出しっぺが遅刻かよ」

笑いながら店に入っていく寺田たちに続いて、江沢も暖簾をくぐる。中は想像していたよりもややシックな装いで、奥の厨房《ちゅうぼう》からは『いらっしゃいませー』と元気のいい店員が出てきた。

あらかじめ予約をしてあったらしく、すぐに奥の個室へと通される。

六畳間で襖《ふすま》に仕切られた部屋は、掘りごたつ式のテーブル席で、中央には鍋がセッティングできるようになっていた。

ここはご飯物系の料理が美味しくて、地元組の三人がそろったときは、よく利用している店なのだと寺田が教えてくれた。

「江沢もさぁ、地元に帰ってくるなら帰ってくるで、もっと早くから言っとけよ。そしたらこんな居酒屋とかじゃなくて、どっかちゃんとしたところに連れて行けたのに。それに夏休みに入るにしては、妙に早くねーか？」

まずは駆けつけの一杯と言いつつ、運ばれてきた生ビールのジョッキをうまそうに飲み干しながら、そう唇を尖《とが》らせたのは山口だ。

童顔の山口がそういう拗《す》ねた顔を見せると、高校時代と変わらずに幼く見える。

「しょうがねーだろ。家庭も持たない若手に、お盆休みなんてものは存在しないんだとさ。先週になって急に、『若い奴らは七月のはじめか、九月の終わりに夏休みはまとめて取るように』って上からのお達しがあったんだよ」

「うひー。そんな話を聞くと、俺たちもいつの間にかしがないサラリーマンになったんだなーって、しみじみ実感するよなぁ」

お互いの近況を語り合い、オススメだという焼き物をつつきながら、二杯目のサワーを頼む。

寺田の親父さんが今度の誕生日で還暦だというので、お祝いがてら寺田酒店へ久しぶりに顔を出そうという計画から、先週末に山口が沢でニジマスを釣ってきたという話まで一通り花を咲かせたところで、寺田がぼそりと口を開いた。

「しっかし、生方のヤツおせーな。せっかく四人で集まるってのに」

たしかにそろそろ店に入ってから一時間近く経っている。

江沢も先ほどから入り口を気にして、襖の隙間からちらちらと外を覗いていたが、いまだ目当ての人物が暖簾をくぐってくる気配はなかった。

「よくよく考えてみたらさ。俺たちと江沢、もしくは俺たちと生方って集まりはこれまでにも何回かあったけど、四人全員が集まることってあんまなかったよな。最後に全員一緒に集まったのって……ええと、いつだ？　もしかして卒業以来になんのか？」

「……そうだったっけ？」

「うん。そーだよ。たしかそーだ。去年もお前がこっちに帰ってきたときに、生方にも声をかけたのに、アイツ研究発表がどーのこーのって、結局最後まで顔を出さなくて……。いつもはお前が東京《とうきよう》からなかなか帰ってこねーし。……あれ？　お前と生方って、その間どっかで会ってたか？」

酔いが回ってきているのか、突然気づかなくてもいいことに気づきだした寺田に、ひやりとしたものが背筋を伝っていく。

だが江沢がそれに答える前に、隣でじっとメニューを見下ろしていた山口が、ふいに『寺田』と話に割って入った。

「あん？」

「このゆずサワー蜂蜜《はちみつ》入りっていうのと、梅きゅうひとつ頼んでよ。ついでにお前ちょっと外に出てきて涼みがてら、生方に電話してきたら？　中って電波が悪いだろ」

「ああ？　……ったく、しゃーねーな」

酒屋の息子のくせに、酒にあまり強くない寺田は、ビールジョッキの三杯目を頼んだあたりからすでにその顔つきもとろんとして、頬《ほお》や耳がだいぶ赤くなっていた。

その酔いを覚ますためにも、『よっしゃ。じゃあ便所がてら、ちょっと外で電話してくるわ』と携帯片手に席を立つ。

半ばほっとしつつその背中を見送った江沢は、少なくなっていたグラスの代わりに自分もなにか頼もうとしてメニューを開いた。

「で？」

「うん？」

「お前と生方って、もしかして今でもケンカしてんの？」

「……はい？」

寺田がいなくなった途端、いきなり核心部分に突っ込まれて言葉を失う。

手にしていたメニューから顔を上げると、涼しい顔をした山口がすでに何杯目になるかわからないサワーを片手に、こちらをじっと見つめていた。

すでに耳まで真っ赤になって出て行った寺田とは、えらい違いだ。

しかも『ケンカしたの？』という疑問系ではなく、『今でもしてんの？』と断定的に言い切られてしまっては、誤魔化すこともできそうになかった。

「なんで、そんなこと…」

思わず呟くと、山口は『んなもん、見てりゃわかるだろーよ』と言って肩を竦《すく》めた。

「じゃなかったら、なんであれだけべったりだったお前らが、今じゃ全然会ってないわけ?」

どうやら卒業以来、生方とは一度も顔を合わせていなかったことまで、ばればれだったらしい。

「なんつーか……お互いに、休みのタイミングが合わなかったから?」

「ざけんなよ。俺たちでさえ、お前が里帰りしてきた時は、こうして時間つくってでも会ってんのに。高校の頃のお前らなんてべったりすぎて、『金魚のフン』って囁かれてただろーが」

「金魚のフンって……」

たしかに、周囲からそう言われてもおかしくないくらい、江沢は生方といつも一緒だった。

お互いの実家が百メートルほどしか離れていない上、中学と高校が一緒で、ついでにいうならクラスも一緒。

朝登校するときから、放課後の帰り道まで四六時中くっついていたのだから、あの頃は家族よりも長い時間を生方と過ごしていたと言っても、過言ではなかった。

「別に……卒業したら自然とつきあう友達も変わるもんだし。連絡を取らなくなるぐらい、普通にあるだろ」

「ありえないね。フンだったくせに」

「……お前ね、さっきからフン、フンって。失礼だろうが」

「別にいいじゃねーの。どうせお前が金魚で、生方のほうがフンなんだから。まぁ、生方に憧れてた奴らは、そう認めたくなかっただろうけどな」

山口はそう言って鼻先で笑ったが、あの生方を捕まえて『金魚のフン』と平然と言ってのける図太い精神も、どうやら相変わらずらしい。

「なぁ。お前らのケンカの原因って、もしかして雨宮《あまみや》となんか関係あんの？」

ふと出された懐かしい女性の名前に、グラスを持つ手がぴたりと止まった。

「……なんで？」

「ん？　だってお前らすげー仲良かっただろ。なのに卒業近くなって雨宮がよくそこに混ざるようになったあたりから、微妙にぎくしゃくしはじめたというか…。お前は生方とも雨宮ともろくにしゃべらなくなるし。生方は生方で、見てるこっちが気の毒になるくらい、しゅんってしてたし。そしたら、なんかあったかなと思うじゃん？」

さすがの観察眼に舌を巻く。

可愛い顔をしながら、山口がこれで結構鋭い視点を持っていることは、学生時代から知っていたが、まさか生方とのあれこれまで気づかれていたとは思わなかった。

「……よくわかったな」

「ていうか、普通は気づくだろうよ。鈍い寺田は別としてな。ケンカっつってもどうせまた、犬も食わないなんとやらだろと思って黙ってたんだけどさ。五年も隣でぎくしゃくやってられると、さすがに気になる」

……それでも、これまでは見て見ぬ振りをしてくれていたのか。

その友情をありがたいと思うべきなのか、どうせならそのままずっと気がつかない振りをしてくれていればよかったのにと思うべきなのか、江沢は一瞬だけ悩み、まぁいまさらかと思って肩で息を吐いた。

「俺な…」

「うん」

「実はあの頃、密かに雨宮に憧れてたんだよな」

「まぁ、わかる。っていうか、うちのクラスの大半の男子がそうだったんじゃねーの？　雨宮ってかなりの美人だったし、派手な化粧とかしてない割に、妙に色っぽかったもんな。胸もクラスで一番デカかったし」

「お前……その発言はセクハラだろう」

「なにを言う。お年頃の男子学生としては、当然チェックすべき重要項目だろうが。お前だって、巨乳は嫌いじゃないだろ？」

「…まーな」

自分こそ女の子顔負けの可愛い顔をしているくせに、女性の胸の大きさについて熱く語る山口は、ある意味男としては正しい姿なのかもしれないなと思いつつ、江沢も頷く。

「でも、なんでそれでお前が生方とモメんだよ？　もしかして、彼女を生方と取り合いでもしたか？」

「まさか」

「だよなぁ。あのお人好しの天然王子が、一人の女を巡ってお前と争うとか、想像つかねーわ」

『失礼します』とやってきたサワードリンクとつまみを店員から受け取りながら、山口はおちゃらけた様子でケタケタと笑ったが、たしかにそんな単純な話だったならまだ救いようがあるというものだ。

「……俺としては、そっちのほうがよっぽどよかったけどな」

そうじゃなかったから、むかついたのだ。心底。

山口は自分で頼んだくせに飲むつもりはなかったのか、蜂蜜入りのゆずサワーを江沢に差し出すと、『どういう意味だよ？』と先を促した。

「卒業式の……ちょっと前あたりだったかな。放課後になると、生方のやつよく図書室に籠《こ》もってただろ。帰ろうと思って迎えに行ったら、そこになんか雨宮もいて。……ちょうど雨宮が生方に告白してるところだった」

「あちゃー。それはまた…」

今ではもはや顔すらおぼろげだが、山口のいうとおり、少し大人びた雰囲気を持つ雨宮という名の女の子は、クラス内ではいわゆるマドンナ的存在だった。

長い黒髪が綺麗で、使っているシャンプーの香りが爽《さわ》やかで。

江沢と同じ体育委員だったこともあり、体育祭の前後には居残って一緒に帰ったりすることもたびたびあった。

いつも明るい声ではきはきと話しかけてくる彼女に、江沢がこっそり憧れめいた淡い恋心を抱いていたのは事実だったが、それを誰かに打ち明けたことはなかったし、また受験シーズンだというのもあって、どうこうするつもりもまるでなかった。

彼女にとっても、江沢の存在は気心の知れた男友達だったのだろう。

ときどき冗談めかして腕や肩にじゃれついてきても、こびを売るような様子はまったくなくて、仲のいい兄妹といった様子で笑っていた。

そんな彼女が図書室の片隅で、いつもの明るい声を震わせながら『…ずっと生方君が好きだったの。どうしても、卒業前に言っておきたくて…』と告げているのを耳にしたとき、正直な話、江沢はまず『ああ、やっぱりな』と思ってしまった。

なんとなく……江沢も気がついてはいたのだ。

自分にじゃれるときは、ただ冗談めかしているだけのその指先が、生方に触れるときは妙に慎重そうだったり。

江沢が生方と話しているとき、ときどき会話に混ざってくる彼女の声が、自分と話しているときよりもワントーン高く感じたり。

はっきりそうだと認めるのはしゃくだったので、ずっと気づかない振りをしてきたけれど、あのまっすぐな瞳が誰を懸命に追っているのか、薄々ながら江沢も感づいていた。

だからこそ、ショックはあったものの、そこまでへこむということもなかったのだ。

同時に『まぁ、生方なら仕方ないか』という、諦《あきら》めに似た納得があったのも事実だ。

「で、結果は?」

「いつもどおり」

「『ありがとう。気持ちは嬉しいけど、ごめんね』っていうアレか」

『かー、巨乳なのにもったいねー』と騒ぐ山口の言葉はまったくだと、江沢も思う。

だがなぜかその日に限っては、それだけでは終わらなかった。

「その上、アイツ……泣き出した彼女に向かって、『もし雨宮さんさえよかったら、江沢はどうかな?』って、言いやがりやがったんだよ。『江沢は雨宮さんのことを大切に思ってると思うし、すごくいいヤツだから、真剣に考えてあげて欲しい』ってさ」

「それは。……なんともまぁ…」

さすがに山口も呆れたのか、適当な言葉が見当たらなかったらしい。

今でも、あのときのことははっきりと覚えている。

あの瞬間、江沢は頭から冷水をぶっかけられたような激しいショックを覚えた。

目の前が真っ赤に染まり、手のひらに爪が食い込むほど強くぎゅっと握りしめても、指先がぶるぶる震え出すのを止められなかった。

同時に、腹の底が信じられないくらいにカッと熱くなった。

クラスメイトにこっそりと抱いていた淡い初恋を、いつの間にか生方に知られていたというのも十分に小っ恥ずかしい話だったが、親友だと思っていた相手から、その恋心を勝手に本人へとバラされた上、譲られたような気がしたのだ。

憐《あわ》れまれた気も。

そしてなによりも、生方の無神経っぷりには本気で腹が立って腹が立って、仕方なかった。

あの日、雨宮は泣きながらも、生方に向かって真剣に『好き』と告げたのだ。

なのに、真剣に告白をしたばかりの相手から『できたら違う人を好きになってあげて』と言われてしまった彼女の気持ちは、いかばかりだっただろうか。

想像しただけで、胸の奥がイタタタと引きつれるような気がしたし、そのあまりの厚顔無恥さには反吐《へど》が出そうだった。

「天然だろうとなんだろうと、アイツの無神経さには心底呆れたね」

「まー、そりゃそうだわな。で、お前はどうしたの？」

「殴った」

人の心をぐっさり傷つけておいて、天然なんて言葉で終わりにしていいもんじゃない。

雨宮の気持ちを慮《おもんぱか》り、その場に踏み込むことだけはぐっと耐えたが、その日の夜、怒りのまま生方の家を訪ねた江沢は、無神経な友人の頬を無言で思い切り殴りつけた。

それだけで、生方は江沢がなにに腹を立てているのかを察したらしい。

『……お前、自分がなにをしたかわかってんのか？』

顔を見るなり殴りつけられた生方は、殴られた頬を押さえたまま、ただ一言、『……ごめん』と謝った。

『謝って済む問題じゃねーだろが！　……お前、なんであんな勝手なこと言った？　俺がお前になにかしろとか言ったかよ？』

問いかけても、生方はじっとうなだれたまま、顔を上げようともしなかった。

「さらにもっとむかついたことにはさ。アイツはそれっきり雲隠れしたまま、卒業式まで一度も会いにも来なかったんだよな」

いつまでたっても、理由を口にしない生方に焦《じ》れ、江沢も最後は『お前の顔を見てるとイライラする！　もう勝手にしろ！』と生方の家から飛び出した。

それからは卒業式がきても、江沢が東京に引っ越す準備をしてる間も、生方は一度も会いに来なかった。

ならばこっちからも会いに行ってなどやるものかと、江沢自身も、意地になったように無視し続けていた。

引っ越しの前日、山口と寺田は会いに来てくれたが、生方だけは大学の準備があると言ったきり顔を出すこともしなかった。

「俺に殴られたっきり、いいわけもなし。その場で『ごめん』で終わり。ふざけんなっつーの。その後も、信じられないくらい逃げ回りやがって」

この五年、江沢が帰省しても、生方は一度も顔を見せなかった。

それでも自分がいないときなどは母たちの店へ顔を出して、メシを食べていくこともあるらしい。

ならやはり自分だけを避けているのかと疑いだしたらきりがなくて、そのくせ自分からは絶対、会いになど行きたくなくて、気がつけば日々の忙しさに埋もれて、五年も経ってしまったというわけだ。

だからこそ昨日、生方が突然駅に現れたときは心底驚いた。

芹菜から頼まれて仕方なく……だったのかもしれないが、それでもあの生方が自分を迎えに来てくれたのは意外だったし、久しぶりに顔を合わせて、昔みたいなどうでもいい世間話をして、それに胸が高鳴ったのも事実だった。

「なるほどなぁ。……んで？　今日もまだケンカしてるから、生方はここに顔を出さないわけ？」

「さぁ。それはアイツに聞いたほうがいいんじゃねーの？」

生方から『飲みに行かない？』と誘われたとき、耳を疑うと同時に、江沢は心の中に、なにかほかほかとした温かい蒸気のようなものが満ちた気がした。

自分が単純すぎるのかもしれないが、もしかしてこれが生方なりの仲直りの合図なのだろうかと思って、五年ぶりの約束に胸を高鳴らせつつやってきたのだが。

蓋《ふた》を開けてみれば、やっぱり生方は来ていない。

……まるで、自分を避けているみたいに。

酒豪の山口に釣られたとはいえ、ついついいつもより酒のペースが進んでしまったのも、元はといえばそのせいだ。

「……考えてみたんだけどさ。俺としては、アイツが勝手なことしたって腹を立ててたつもりだったけど、もしかしたら生方にだっていろいろと言い分があったかもしれないんだよな。そう思えば腑《ふ》に落ちることも結構あるんだよ。……この五年、生方が俺と一度も会おうとしなかったのは、もしかして人の話も聞かずにいきなり殴りつけるような友人なんか、アイツのほうこそほんとは愛想が尽きてたからかもしれないなって、そう思ったり…」

「そっ、そうじゃないから！」

いきなり、襖がすぱんっと開くと同時に、声が頭から降ってきた。

――びっくりした。

生方の話をしていたら、噂の本人が身を乗りだすようにしてその襖から顔をにょきっと出してきたのだから、驚きもする。

しかも走ってきたのか生方の顔は妙に紅潮しており、はぁはぁと肩で息を吐いていた。

「生方…。お前、突然びっくりするだろうが」

「驚かせたならごめん。で…でも俺が江沢に愛想尽かしたとか、それは絶対ないから！」

生方はそう繰り返すと、真剣な眼差しで江沢を見下ろしてきた。

「あの日、江沢に殴られたのだって、俺が悪かったからだってよくわかってるし！　だいたい今日の飲み会は俺だって、すごくすごく楽しみであまり眠れなかったぐらいなのに。今朝になって、教授がいきなり今度の研修会で使う資料の入ったパソコンが壊れたとか、資料がないと研修会ができないとかって泣きついてきてっ。ゼミのメンバーじゃ埒《らち》明かないし、電話じゃわけわからないし、行かざるを得なくて…っ」

「わかった。……わかったから、少し落ち着け。な？」

生方にしては、珍しく立て続けに話したせいなのか、その肩がますます激しく揺れている。

それを見るに見かねた山口が、どうどうと宥《なだ》めるように肩を叩《たた》き、生方をその場に座らせた。

「でも……、本当に…遅れてごめん」

「いや……もういい。もうよくわかったよ」

きっと嘘ではないのだろう。

その一生懸命な顔つきや、額に浮かんだ汗を見ただけでも、十分に伝わってくるものがあった。

額にびっしょり汗を浮かべた懸命な姿に、なんだか腹の底がくすぐったいような、おかしな気分になってくる。

「あれ?」

そのとき開け放してあった襖から、外で涼んでいたらしい寺田が赤い顔をぬっと出した。

「なんだ生方。お前、いつ来たんだ?」

相変わらずのんきそうな友人のその声に、三人顔を見合わせると同時に、思わずぶぶっと吹き出していた。


「お前、結局全然飲めなかったけどよかったのか?」

「うん。ご飯はちゃんと食べられたし」

遅れてきた生方は、みんながつついた残り物の他に餡《あん》かけチャーハンを頼むと、それをかきこむようにして夕食を終えた。

すでに寺田がかなりできあがってしまっていたこともあり、今日のところはお開きとして、改めてまた集まって飲み直そうと決めると、寺田は山口に引きずられるようにして家へと帰って行った。

駅前で二人と別れ、ちょうどやってきた巡回バスに生方と二人で乗り込む。

――あ。

近所のバス停で降り、家に向かっていつもの道を歩き出した途端、左側にすっと並んで歩きはじめた黒い影にデジャヴを覚えた。

昔と同じ立ち位置だ。

二人で歩くとき、生方はなぜかいつも江沢の左側を歩いた。

江沢も彼女がいた頃は、どちらかというと車道側である左側を歩くことが多かったが、生方が相手だと、この立ち位置がすごく自然にぴたりとはまる気がする。

まるでそこが彼の定位置だとでもいうように。

ちらりと見ると、半袖《はんそで》シャツから伸びた長い腕が、闇の中で妙にすらりとして見えた。

日に焼けていないせいか、闇の中で白魚のようにしなやかに動く腕に目が釘づけになる。

……こいつって、白い割になにげに筋肉がついてるんだよな。

「な…なにっ？」

思わずその腕にそっと触れてみた瞬間、まるで火傷《やけど》でもしたかのように、生方がぱっとその手を引いた。

「え？　ああ……いや、お前、毎日研究室に籠もってるって言ってた割に、結構筋肉ついてるよなーと思って」

「…え？　ああ、そう…かな？」

まさかそんな風にぎょっと身を引かれると思わず、一瞬、気まずい空気が流れる。

……なんなんだ。その汚いものにでも触れられてしまったみたいな反応は。

そりゃ自分も男に手を触られて嬉しいとは思わないが、だからといってそこまで思い切り避けなくてもいいだろうに。

二人きりになった途端、急に黙り込むのもやめて欲しい。

バス停から家までの道のりが、なんだか急に長く感じられてくる。

「なぁ……生方。もう時効だとは思うし、聞いてもいいか？」

無言のまま歩き続けるのにも限界を感じ、江沢はすっと息を吸い込むと、自分から口を開いた。

「うん。なに？」

「お前さ。もしかしてあの頃……本当は雨宮のことを好きだったりした？」

「……え？」

「だからあのとき、わざと雨宮を振って、俺とつきあわせようとしたとかじゃねーだろうな」

「ち、違う！　全然違うよ」

ぎろりと横目で睨《にら》みつけながら問いかけると、生方は滅相もないというように、ぶんぶんと首を横に振った。

あの頃胸に抱えていた幼い恋心を、なぜか生方には知られてしまっていた。

もしかして、もしかしたら……。

考え過ぎかもしれなかったが、生方も本当は彼女のことが好きだったのに、江沢の気持ちを知ってしまったがために『うん』とは言えなかったんじゃないだろうか。

だからこそ、わざとあんな風に突き放すみたいに、『江沢とつきあってみない？』と言い出したのではないだろうかと、それだけがずっと心に引っかかっていた。

「俺がずっと好きだった相手は、全然違う人だし…っ」

だが微かに頬を赤く染めつつも、『それだけは、絶対にないから』と念を押す生方は、嘘を言っているようには見えなかった。

「そっか…。ならいいんだけどさ」

なんだ。やっぱり違ってたのか……。

あの日から聞けずにいた疑問。それをようやく解きほぐすことができて、江沢はほっと胸を撫で下ろした。

これまで確かめてみる勇気が持てずにいたものの、ずっと気になっていたことではあったのだ。

「でも、お前にも好きな相手とかいたんだな」

言いながら、にやりと笑う。

正直な話、なんだか意外な気がした。

すごくモテていたくせに、誰から告白されても『うん』とは頷かなかった生方。そんな彼にも、心を寄せる相手がいたとは。

「そりゃ……いるよ」

しどろもどろに答えながらも、その顔や耳が先ほどより赤くなっているのは気のせいばかりじゃないだろう。

「ふーん。……そいつとは今もつきあってんの？」

「え…っ？　いやっ、そんなのまさか…」

慌てた様子で顔の前で手を振りながら、『……俺とつきあうとか、ありえない人だから』と小さく呟いた友人に、江沢はぱちくりと目を瞬かせた。

「なんで？」

「なんでって言われても…。俺が……好きとか、たぶん知らないし……」

「もったいねぇ。ちゃんと告ってみりゃよかったのに」

「えっ？　い、いやでも……嫌われたくなかったし…」

「なんで嫌われるのが前提なわけ？　お前は同じ男の俺から見ても、すげーいい男だと思うよ。

性格もいいし。お前みたいなのに好かれて、嫌だと思うヤツなんてそういないと思うけど？」

江沢が素直な気持ちのまま手放しで褒《ほ》めると、生方はますます真っ赤になって、口元を手の甲で押さえるようにしながら、『あ…ありがとう…』と俯いてしまった。

――知らなかった。天然王子は、どうやらかなりの純情派だったらしい。

誰から告白されても、少し困ったような優しい表情で『ごめんね』とうまくかわしていたくせに、自分の恋バナになった途端、まさかこんなにも真っ赤になって狼狽《うろた》えるとは思わなかったから、意外だ。

これまた生方の新しい一面を知ってしまった気がする。

「江沢は？」

「ん？」

「……その、彼女とかは…？」

どうやら自分のことばかり突っ込まれるのに、耐えきれなかったらしい。

だが残念なことに、生方が期待するような甘いロマンスは、現在の江沢も持ち合わせていなかった。

「大学の頃いたにはいたけど、就職してからなんとなくお互いに忙しくなって、去年のクリスマス前に別れたっきりだな」

「…そっか」

正直なその横顔が、まずいことを聞いてしまったと申し訳なさそうにしかめられる。

別にそんなこと、気にしなくてもいいのに。

その表情が妙に懐かしく感じられて、胸の中がふわっと温かくなる。

やはりお人好しな性格は、今も変わっていないらしい。

「…江沢」

「んだよ?」

「あのときのこと……本当にごめん」

苦みの入り交じった真摯《しんし》な声に、どきりとした。

五年も経てばもう時効だろうと、この話題を振ったのは自分だったが、まさか生方がそれほど深く気にしていたとは思わなかった。

それとわかるぐらい、その声には悲痛な響きが含まれていた。

「本当は、もっとずっと早く謝ろう、謝ろうと思ってたんだけどね。なんか……どうしてもいざとなると、いまさらだって言われそうで怖くて。きっかけを掴めないまま、ずるずるきちゃって……」

『ずっと気にはしていたけど、怖かった』と打ち明けた友人のその横顔を、江沢は不思議な気持ちでじっと見つめた。

「ごめん」

「……もういいって」

この五年、抜けない棘のようにその存在をずっと気にしていながら、声をかけられずにいたのは自分も同じだ。

だが『自分のことなど、相手はもう忘れて楽しくやっているのかもしれない』と思うたび躊躇《ちゅうちょ》してしまい、生方のようにその一歩目を踏み出すことができずにいた。

そんな自分とは対照的に、『怖くて仕方なかった』と言いつつも、素直に頭を下げにやってきた生方には、感謝したいぐらいなのだ。

彼のそうした素直さに、ずっと助けられていた気がする。

「もういいよ。俺も……ずっとお前と話をしたいと思ってたし」

その素直さに引きずられるように、ぼそりと呟くと、生方はそれとわかるぐらいほっと肩から力を抜いた。どうやらかなり緊張していたらしい。

「うん。許してくれて、ありがとう」

「……なんかそれ、この間も聞いた気がするんだけど」

「でも本当にそう思ったから」

「なら、最初から怒られそうなことをすんじゃねーよ」

痛みの入り交じったような表情を見せた生方を見ていられず、わざと茶化すように後ろから軽く膝裏《ひざ》に蹴《け》りをいれると、生方は『イタタ』と笑った。でも『やめて』とは言わなかった。

それはいつもの人当たりのいい優しい笑顔ではなくて、自分や寺田や山口といったような親しい相手にだけ見せる、ずっとくだけた心からの笑顔だった。

それを見て、気がついた。

生方の笑った顔が見たかった。誰にでも見せるような愛想笑いとかじゃなくて。

ずっと、それが見たかったのだと。

――もっと早く、こうして話せばよかった。

雨宮との一件があったとき、生方の身勝手な行動に江沢がショックを受け、激しく怒っていたのは事実だが、その後も自分からまったく動けずにいたのは、どうしようもない青臭いプライドと、なにより彼から避けられているかもしれないという事実が怖かったからだった。

でも……そんなの気にせず、もっと早くこうして話をすればよかった。

そうしたら、意味もなく離れていたりせず、こんな風に、くだらない日々のことを一緒になって笑ったり話したりできたかもしれないのに。

離れていたこの五年が、いまさらながらにもったいなく思えてくる。

スキップでもしたくなるほどの浮かれ気分で歩いているうちに、やがていつもの分かれ道が見えてきた。その角を曲がれば、すぐ江沢の家だ。

「江沢」

再び名を呼ばれて『うん？』と振り返ると、生方はなぜか江沢から三歩ぐらい下がったところで、ぽつんと立ち尽くしていた。

それを一瞬、あれ？　と思う。

いつもならもう少し先まで一緒に歩いて行くのに……。

どうしてだろう。たった三歩の距離が、ものすごく遠く思えた。

月明かりが、その顔を静かに照らしている。

「…生方？」

生方はなぜか今にも泣き出しそうな、笑うのを堪《こら》えているときのような、不思議な表情をしていた。

「…好きだよ」

「……はい？」

ふいに零れ落ちた言葉の意味がよく理解できず、思わず聞き返す。

「俺ね、……ずっと江沢のことが好きだったんだ」

生方が少しだけ困ったような目で、もう一度小さく微笑《ほほえ》んだ。

——青天の霹靂《へきれき》、である。

それとも寝耳に水、と言った方がいいのだろうか。

どちらにせよ、それが昨夜から続いている江沢の心境だ。

布団の中で枕を抱えたまま、江沢は昨夜から何度目になるのかわからない寝返りをごろりと打った。

それでも頭の中をぐるぐると占めているのは、昨夜、別れ際に生方が呟いた、『好きだよ』というそのたった一言だ。

……まさかあれ、夢オチとかじゃないよな?

いくら酒が入っていたとはいえ、昨夜の出来事がまるごとすべて夢だったと思い込むほど、酔っ払っていたわけではないはずだ。

生方と別れてちゃんと自分の家にたどり着いたことも覚えている。

だとしたら新手の冗談か、酔った上でのおふざけとか…。

だが生方は、ああした冗談を好むタイプではなかったはずだ。それに自分たちとは違って、生方は一滴たりとも酒を口にしてはいなかった。

ならば、どうして……。

いや——江沢としても、本当のところはちゃんとわかっているのだ。

生方のあの言葉はたぶん、真実なのだろう。

あのお人好しの男が、困ったように目を細めながらも、それでも江沢の目をまっすぐに見つめて『好きだ』と言ったのだ。

あれが嘘や冗談などであるはずもなかった。

しかし江沢にとって、昨夜の生方からの突然の告白は、『想定外』というその一言に尽きた。

だからこそ……ものすごく困っている。

そんな江沢の衝撃と困惑を、生方自身、少なからず予想していたのだろう。

『いきなり変なこと言ってごめん』

言葉もなく、ただ口をぽかんと開けて立ち竦んでいた江沢の前で、生方は小さく微笑むとそう続けた。

『こんなこと言われても困るよね。……わかってたんだけど、どうしても一度言っておきたかったから』と。

そうして、生方は『聞いてくれて、ありがとう』と目を細めた。

あの一瞬、どきりとした。

電灯が暗くて月明かりしかなかったからかもしれないが、笑って『じゃあ。ばいばい』というつものように手を振っていた生方の、その目元の泣きボクロが、なんだか泣いているように見えたからだ。

そんなわけないのに。

もう一度、ごろりと寝返りを打つ。

だがもしもあの告白が本気なのだとしたら、わからないことが山ほどあった。

……いったい、いつから。

いつから生方は、自分を好きだなどと思っていたのだろうか。

まさか五年ぶりに会った途端、突然、愛が芽生えたというわけではあるまい。

だとしたら、高校卒業前からそんな風に思ってくれていたということだろうか。

もしそうならば、どうしてあのとき……生方は自分と雨宮をくっつけたがるようなことを口にしたんだろう？　それがまず理解できなかった。

普通、好きな相手にライバルが現れたらいい気はしない。どちらかといえば、邪魔のひとつでもしたくなるものだ。

だが生方はそんなことはしなかった。

それどころか自らキューピッド役を買って出たのだ。……実際そのやり方はまずかったし、結果は大失敗に終わったが。

それでも普通、そんな間抜けなことを自分からやるものか？

「……やるかもな」

生方ならば、なんとなくやりそうな気もした。

自分の幸せよりも、周囲の幸せを優先するような男だ。彼が突然、この町に越してきたときもそうだった。

両親の離婚と再婚。それだけならよくある話だったが、彼の父と母はどちらも生方を引き取ろうとはしなかった。泥沼の離婚調停のあとでようやく決まった父親との暮らしも、半年で終わりを告げたと聞いている。

理由は簡単。彼の父の再婚相手が先妻の子である生方の存在を煙たがったからだ。そのため、生方は自ら望んで祖父の家へと身を寄せたらしい。それが彼が引っ越してくることになった、中学一年の春のことだ。

はじめてその話を聞かされたとき、江沢は子供心にものすごく腹が立って腹が立って、仕方なかった。

江沢の家も父が早くに亡くなってはいるものの、慎ましい生活ながらも母は愛情持って育ててくれたし、江沢達兄妹を手放すようなことも決してしなかった。

だが生方の両親は、どちらも自分が再婚をするのに生方の存在が邪魔だからと、あっさりと手放したという。それどころかまるでいらなくなった猫の子のように、相手に押しつけ合ったのだ。本人の目の前で。

それでも生方は、『それで家の中が丸く収まるなら、それでいいよ。毎日いがみ合う声を聞かなくなっただけでもすごく気楽だし。それに俺、じーちゃん大好きだし。ここに来たから江沢とも会えたわけだし。毎日すごく楽しいよ』とけろっとした顔で笑っていたが。

ただひとつ幸いなことといえば、生方の父はそれなりの資産家だったらしく、子供を見捨てた罪悪感からなのか、仕送りだけはきちんとしてくれていたことだろうか。

おかげで大学院まで行って好きなことがやれたと生方は話していたが、金ですべてが片づくものではないだろう。生方が地元の大学を選んだのは、年老いた祖父を一人置いていけなかったからだということも知っている。

それでも、生方はいつだって笑っていた。少しだけ遠慮がちな、あの優しい笑い方で。

――彼はそういう男だ。

そしてそういう男だからこそ、昨夜耳にしたあの一言が、決してその場の思いつきや軽々しい冗談から出た一言ではないことも、よく知っていた。

舌打ちとともに、再び寝返りを打つ。

目を瞑《つむ》っていても、どうしても眠気はやってきそうになかった。

昨夜はいろいろと考えながらベッドに潜り込んだせいか、うつらうつらとしてばかりいて、よく眠れなかったというのに。

「……なんだかな」

思わず独りごちる。

外では雀《すずめ》たちがチュンチュンと、朝の訪れに激しくさえずっていたが、ちらりと見た時計はまだ六時前だ。

なのになにを好き好んで自分は、朝も早いこんな時間から枕を抱えて男の幼なじみのことを、こんなにも真剣に考えているのだろうか。

「どうしろっていうんだよ…」

生方は、『江沢のことがずっと好きだったんだ』とは言ったが、どうしたいかまでは言っていなかった。

それどころか、言うだけ言ってすっきりしたのか『聞いてくれてありがとう』と礼まで言われてしまったのだ。

だとしたら、自分はどうすればいいのだろう？

生方のことはこの五年、離れていたとはいえ、やはり大事な存在だと感じたし、再び一緒に過ごせたことを嬉しく思っているのも事実だ。

しかし、恋愛対象となると……正直な話、その先は想像もつかない。

だがこのままなにもなかった振りをして、再び顔を合わせなくなるようなことだけは避けたかった。

五年ぶりにようやく繋《つな》がった細い糸。それを迂闊《うかつ》なことでなくしたくはない。

それに、たとえ相手の望むとおりの答えが出せなかったとしても、ちゃんと返事をするのが、マナーだろう。生方も、いつもそうしていた。

「……よっしゃ」

いつまでもごろごろとしていても、いっこうにやってこない眠気を諦めて手放して、むくりとベッドに起き上がる。

こんなところでいつまでも、うだうだと思い悩んでいるのは性に合わない。

江沢は気合いを入れるように立ち上がると、そのまま洗面台へと向かい、冷たい水でばしゃばしゃと顔を洗った。

スッキリして、少しだけ頭がクリアになる。

そうしてからパンと両頬を軽く叩き、江沢はもう一度『よし』と小さく気合いを入れた。


「え…っ？　な、なんで？」

「なにがだよ？」

扉を開けた途端、激しく動揺した表情をしてみせた友人を見上げて、江沢《えざわ》はむっと眉《まゆ》を寄せた。

「い、いや……その。どうして……江沢がうちの前にいるんだろうと思って」

「どうしてって、お前に会いにきたからに決まってるだろうが」

なんでそこまで驚かれるんだ？

ひどく困惑したように焦っている友人を見上げ、江沢はむっつりと目を細めた。

朝一で突然押しかけられて驚いたのかもしれないが、それにしてもそれが昨夜、告白をしたばかりの好きな相手に見せる顔だろうか。

「朝早くから悪かったよ。お前も試験休みだっつってたから、今なら暇かと思って…」

言いながら、『ちょっといいか?』と家の中を覗《のぞ》き込む。

この家は中学、高校時代、それこそ間取りもそらで言えてしまうくらい何度も通ったものだが、こうして改めて訪ねたのは久しぶりだ。

懐かしさを感じながら尋ねると、生方《うぶかた》はぎょっとしたように慌てて首を左右に振った。

「あ…、いや、ちょ、ちょっと待って。家、家の中は汚くて…」

「んなの、いまさらだろうが。それに俺の部屋なんかよりも、絶対お前のうちのほうが綺麗《きれい》に決まってる」

昔からそうだった。おおざっぱで使ったものをあちこちに置き忘れてしまう江沢の部屋よりも、きちんと服や小物を整理して片づけてある生方の部屋のほうがずっと清潔だった。

だがなにを迷っているのか、生方は逡巡《しゅんじゅん》するかのように言葉を探している。

「あの。それより……江沢は急にどうして俺に会いに来ようと思ったの?」

「え? いや…どうしてって…」

それはこっちが聞きたい台詞《せりふ》だ。

――お前、昨夜自分が口にしたことを忘れてるんじゃねーだろうな?

突然愛の告白をされたのはこちらだというのに、そんな風に心から不思議そうに尋ねられると、言葉に窮してしまう。

「……お前に話があったからだよ」

だがこの場ではさすがに話しにくい。

思わず口ごもると、生方はようやくそれに気づいたのか、『……ええと。本当に、汚いんだけど。……それでもよかったら』と中に通してくれた。

ほっとして広い玄関先で靴を脱ぎ、生方に続いて家の中へと入る。

懐かしい日本家屋は、記憶のものとほとんど変わっていなかった。変わったものと言えば、新しく買い換えたらしい液晶テレビがあるくらいか。

キッチンから続く畳敷きの居間には使い込まれた座卓と、庭を見渡せる縁台があって、開け放した窓からはそよそよと心地よい風が吹き込んでいる。

中に入った途端、ひどく懐かしい香りがして、それにほっと息を吐いた。

そうだ。これは生方の家の香りだ。

「なんだ。やっぱり全然綺麗にしてんじゃん」

いつもはそこで食事をしたり、勉強をしたりしているのだろう。

居間の中央に置かれた座卓の上には、ノートや専門誌が乱雑に置かれてはいたものの、やはり自分が今暮らしている部屋より、ずっと整頓されている。

生方はそれを慌てて一つにまとめると、江沢の座るべき場所を作ってくれた。

「生方、お前さ……」

だがそのままどさっと居間に座り込もうとした途端、江沢は部屋の隅に置かれていたスポーツバッグに目をとめた。

……なんだ、この大荷物は。

バッグのファスナーは開いており、中には着替えらしきものが詰められているのが目に映る。まるで部活の遠征にでもでかけるようなその大荷物を目にして、江沢はくるりと背後の男を振り返った。

「生方。お前、もしかしてこれからどこか行く予定だったの？」

「え…っ？　あ、いや……その、大学にちょっと」

「大学？　大学に行くのになんでこんなに大荷物なんだよ」

「……しばらく、あっちで泊まり込もうかと思ってたから」

「はぁっ？　なんじゃそりゃ」

思いも寄らなかった返事に、愕然《がくぜん》とした。

人にあんな爆弾発言を落としておきながら、その回収もせず、勝手に大学へ行って泊まり込むつもりでいただと？

それじゃまたみんなで飲もうと言ってた、あの約束はどうなるんだ。それを無視して生方だけとっとと一人、荷物をまとめているのが気に入らない。

　まるで、これから夜逃げでもするみたいじゃないか。

「……おい、お前まさか言い逃げするつもりだったんじゃねーだろうな？」

「言い逃げって………？」

「お前な。人にいきなり告白するだけしといて、返事は聞かなくていいのかよ？」

「えっ？」

　なぜ、そこで本気で驚くんだ。

「え？　じゃねーだろう。昨夜だって、別れ際に勝手に言うだけ言ってとっとと帰っちまって。あれから一晩、俺がどれだけ悩んだかわかるか？」

　告白してきた張本人が、なぜその返事を確認もせずに、とっとと逃げ出す準備をしているんだ。

　ふつうは逆じゃないのか。

　こっちは一晩中、眠ることもままならずにもんもんとした夜を過ごしていたというのに。

「いや、あの……ごめん。江沢を悩ますつもりはなかったんだけど…」

　だが江沢の台詞に生方はさっと血の気を失せさせると、見ていてわかるぐらい激しくおろおろとしだした。

「……悩むよ。普通悩むに決まってるだろうが。っていうか、なんでお前はいつまでもそんな離れたところにつっ立ってんだよ。ちょっとここにきて座れ！」

こんな大切な話をしているというのに、なぜか生方は江沢から離れたキッチン付近につっ立っているだけで、同じ部屋へ足を踏み入れようともしない。

それにもどかしさを感じてしまう。昨夜、肩を並べて隣を一緒に歩いているときは、昔と同じその存在を、あんなにも近くに感じていたのに。

江沢が目の前の床を指さして怒鳴りつけると、生方は慌てて傍まで走り寄ってきて、目の前にちょこんと正座した。

まるで叱《しか》られる前の子供のようだ。かちんこちんに固まってしまっている。

それに江沢は、はぁと小さく溜《た》め息《いき》を吐いた。

「お前さ……。昨日のあれ……マジなんだろ？」

「昨日のって…？」

改めて尋ねられると、なんだか言いにくい。

「……俺のことを、ずっと…その、……好きだったたって言ってただろうが」

まさかそれも知らなかった振りをするのかと思ってじろりと見上げると、生方はどうやらそれに関してはとぼけるつもりもなかったようで、その顔を微《かす》かに赤く染めながらも、『…うん』と小さく頷《うなず》いた。

――だよな。

じゃなかったら、あんなこと言い出すわけがない。

「あのな。あれから一晩、俺なりにじっくり考えてみたんだけどな」

「うん」

「……できたらもうちょい、考えさせて」

それが江沢が最終的に出した結論だった。

昨夜一晩、真剣に悩み抜いてたどり着いたその結論を告げると、なぜか生方は思いもしなかったという顔つきで、ぽかんと口を開いた。

「……はい?」

「いやだって、いくらなんでも一晩で答えなんか出ねぇだろ。今までずっとダチだったんだぞ。それどころかこの五年、なんとなく気まずくて、電話の一本もできなかったんだぞ。なのにいきなり『ずっと君のことが好きでした』とか言われて、はいそーですかって、結論出ると思うか?」

無理だろう。普通。

「だからもう少し時間をだな」

「いや……待って。結論なら、とっくに出てると思うんだけど…」

「はあ?」

「だって江沢はゲイじゃないでしょう?」

的確な突っ込みに、言葉もなく呆然《ぼうぜん》となった。

……そうか。今まで『生方から告白されてしまった』というその事実ばかりが衝撃的で、よく考えてはいなかったのだが、生方は男なのだ。そしてもちろん自分も男だ。

ということは、あれか。

これはゲイとかホモとか、そうした棚に分類される恋バナになるのか…。

さすがに言葉にして突きつけられると、なんだか妙に落ち着かない気分にさせられる。

「……ちょっと待て。つまり、お前はそうだっていうことか?」

「うーん。どうだろう。今まで江沢しか好きになったことがないから、よくわかんないんだけど……。でもたぶん、江沢を見るたびその項《うなじ》とか、耳たぶとかに触りたいって思ってたんだから、たぶんそうなんだと思う」

首をかしげながら言い切られた瞬間、なにかよくわからない成分の汗が、どっと背中に噴き出すのを感じた。

よくもまぁ、しらっとした顔でそういうことが言えるものだ。

『君しか好きになったことがない』なんて、言われたこっちがこっぱずかしくなってくる。その上、清涼飲料水のコマーシャルにでも出られそうな爽《さわ》やかな顔をして、『江沢を見るたび触りたいと思ってた』とか、さらりと言うな。

思わず口元を押さえるようにして俯《うつむ》くと、そんな江沢に生方は激しく焦りだした。

「あ、あれ？　江沢？　どうしたの？」

……この、天然王子め。

人をこんないたたまれないような、今すぐわあああと声を上げて町中を走りたくなるような気持ちにさせておきながら、本気で自覚してなさそうなところが妙にむかつく。

「あの……さ。江沢。昨日ちゃんと言っておけばよかったんだけど、俺は大丈夫だから」

だが江沢がなにかを口にする前に、先にそう切り出した生方を江沢はいぶかしげに見上げた。

「……大丈夫って、どういう意味だよ？」

「昨日、俺が告白したのは、その……自分なりにちゃんとけじめをつけたかっただけで。江沢を悩ませるつもりはなかったんだ。江沢の気持ちなら、もうわかってるし」

「……わかってるって、なにをだよ」

「え？　いや、だからその……振られるのは、最初からちゃんと覚悟してたことなんだ。俺としては、聞いてもらえただけでも嬉《うれ》しかったし。……まさか、こんな風に江沢から会いに来てくれるなんて思ってもみなかったから、すごく驚いたけど…」

そこまで言うと、生方はいつもの優しい笑みをその唇に乗せて、にこりと微笑《ほほえ》んだ。

「だから江沢は、なにも悩まないでいいんだよ」

そう言い切られた一瞬、江沢は胸がきゅうとねじれるような切ない痛みを覚えた。

――バカを言うな。

悩まないはずがないじゃないか。

親友だと思ってた相手が、自分の隣でもんもんと報われない恋に苦しんでいたことも知らず、その天然っぷりを無神経だと罵《ののし》った。

だが、本当の無神経な人間は自分だったんじゃないかと、昨日あれから江沢は激しく後悔したのだ。

なのに……どうしてそんな風に笑っていられるんだ。お前は。

夜も眠れなくなるくらい、人の気持ちをぐちゃぐちゃにかき混ぜておきながら、『ちゃんとわかってるから大丈夫』などと涼しい顔をして、もうこの恋の話を勝手に終わらせたものとしている。

そんな生方に、江沢は心の中に少しだけ、どす黒い気持ちが芽生えてくるのを感じた。

……なにが大丈夫だ、この野郎。

荷物をまとめて、またとっとと逃げ出そうとしていたくせに。

江沢のことも、昨夜の告白もすべて過去のことにして、忘れ去る気でいたくせに。

そうして今度は、いったい何年会わないつもりでいたんだ。

こっちの気も知らないで。

「……なら、デートしてみるか？」

自分でも、なぜそんな言葉が口をついたのか訳がわからない。

それでも、ここで生方を逃がすつもりはなかった。

前みたいに、お互い気まずさから逃げ回って、そんな風にして無駄でつまらない時間を何年も過ごすだなんて、やってられるか。

ぽっかりと空いていた、左の席。

そこに誰が収まってもしっくりとこなくて。

入れ替わり立ち替わりやってきては消えていく、彼女でも友達でも、その席は誰のものでもなくて。

ようやく元に戻ったなと思った途端、一方的にさよならされるなんて二度とごめんだ。

「……はい？」

だが生方は、言われたことの意味がわからないといった様子で、目をぱちくりとさせていた。

それに江沢はフンと鼻を鳴らすと、念を押すように『デートするかって聞いたんだよ』と呟《つぶや》いた。

「正直な話、俺は男相手に恋愛感情を持ったことがないから、お前と恋愛できるかどうかはまだよくわからない。……それでも俺はまた、お前と五年も六年も離れている気なんてないからな。つきあえるかどうかを試すためにも、まずはデートしてみる。お前も本気だって言うなら、最初から聞いてくれただけでいいなんて言ってないで、ちゃんと俺を口説いてみろよ。それが最低限のマナーってもんだろうが」

江沢の一方的な言い分を、ぽかんとした顔で見守っていた生方は、やがて額を手のひらで押さえるようにして、こちらをじっと見つめてきた。

「ちょ、ちょっと待って。あの……もしかして、江沢、それ本気で言ってるの？」

「当たり前だろうが。……こんなこと冗談で言えると思うのか？」

胸を張ってすっぱり言い切ると、生方はしばし呆然とした様子で目を見開いていたが、やがてくしゃりとその顔を歪《ゆが》めた。

『なんだよ』と眉を寄せると、生方はううんと首を振った。

そうして『江沢って、そういうとこ昔から思い切りがよくて、かっこいいよね』とまた小さく笑った。


「おはよ」

「お、おはよう」

チャイムを押した途端、部屋の中から転がるように飛び出してきた男を見て、ほっと息を吐く。

どうやら、今日のデートを不安に思いながらもどこか楽しみにしていたのは、自分だけではなかったらしい。

「生方。お前が運転してってくれるか？　俺、かなりのペーパーだからさ、ここまでくる間だけで二回も擦りそうになった。あれに傷つけたら芹菜《せりな》に殺される」

言いながら借りてきたばかりのミニのキーを差し出すと、生方は慌てたようにそれを取り上げた。

「先に言ってくれれば、俺が家まで迎えに行ったのに」

「別にいいって。それより、今日はお前のお気に入りの場所に連れてってくれるんだろ？」

囁《ささや》くと、生方はこくりと頷き、江沢と入れ替わるようにして運転席に乗り込んだ。

男二人のドライブに、ぬいぐるみの乗ったシルバーピンクのミニ車というのは、ある意味滑《こっ》稽《けい》で笑える光景だったが、運転席へと収まった生方は真剣そのものといった表情だ。

どうやら助手席にいる江沢に万が一でもケガをさせてはいけないと、使命感に燃えているらしい。

その横顔を見ているうちに、江沢は小さく吹き出してしまった。

「なに？」

「いや。……なんか急に、太郎《たろう》のこと思い出した」

太郎は、江沢の家で飼われていた雑種犬だ。江沢が高校に入る年まで、江沢達兄妹や生方と一緒にいてくれた。

尾がくるんとしていて、ときどきちょっとおバカで、でもものすごく優しい犬だった。

母が働きに出ている間、子供達を守ろうと必死で番犬をしていてくれたあの犬を、なぜか生方を見ているうちに思い出した。

江沢のことばかりちらちらと見ては機嫌を取ろうとしたり、必死に守ろうとするつぶらな瞳がそっくりだ。

さすがにそれを本人に言う気にはなれずに黙っていると、生方も懐かしそうに目を細めた。

「太郎はすごくいい子だったよね。しばらくお墓参り行けてないし、今日の帰りにでも寄ろうか？」

「…ああ」

太郎が老衰で亡くなった年、江沢家はみんな盛大に泣いていたが、一番泣いていたのは妹と生方だったような気がする。

今は近くの裏山で静かに眠っている愛犬のことを、生方も忘れてはいないのだとわかって、胸の中に温かなものが溢《あふ》れてくるのを感じた。

ハンドルを握るその男前の横顔を、ちらりと見つめる。

あれ以来、生方とは二度ほどデートした。

一日目は約束どおり、懐かしい寺田《てらだ》酒店に顔を出した。二日目は山口《やまぐち》がお気に入りだという沢へ、みんなで釣りに出かけた。

どちらものすごく懐かしくて楽しかったが、デートという雰囲気からはほど遠かったのも事実だ。

だからこそ昨夜、生方のほうから『明日もし天気がよかったら、ドライブに行かない？……その、二人きりで』と誘われたときは、正直な話、びっくりしてしまった。

誘いをかけてくるその耳は、触れたら火傷《やけど》しそうなくらい、やっぱりものすごく赤くなってはいたけれど。

「少し山道に入るけど、いい？」

「ああ」

江沢の会社での生活や、生方の今取り組んでいる研究の話など、とりとめもなく話しているうちに、車はどんどん坂を登っていく。

樹木が生い茂るその道は、緑のトンネルのようで美しかった。

一時間半ほど車を走らせたところで、生方は小さな展望台の前に車を停めた。

観光名所でもなんでもない地元の高台に、わざわざ訪れる物好きな人間はあまりいないのか、今ここにいるのも自分と生方だけだ。

美しい山々の稜線《りようせん》や、裾《すそ》へと広がっていく街並み。空にぽかりと浮かんだ雲が、広い茶畑に影を落としてゆったりと進んでいく。

それに声もなく見惚《みと》れてしまう。

ふと隣を見れば、生方も同じようにじっと声もなくその景色を見下ろしていた。

この美しい光景を自分たちだけが満喫しているのかと思うと、なんだかひどく贅沢《ぜいたく》でもったいない気分にすらなってくる。

しばらくそのまま、二人並んで雄大な景色を堪能していたが、やがて生方はその展望台から少し先に見える小さな階段を指さした。

「この先に、綺麗な滝があるんだ。ただ途中までちょっと急な階段が続くし、見晴台までは結構歩かなくちゃならないんだけど…」

「ならとっとと行こうぜ」

都会の喧噪《けんそう》から離れて、せっかくここまでやってきたのだ。こうなったらとことん楽しんでやると歩き出すと、生方はほっとしたように息を吐き、一緒に歩き出した。

こんなにゆったりとした時間は久しぶりだ。

川に沿って登っていく。途中の急な階段にはさすがに息が切れそうになったが、しばらくして木々に囲まれた山道から急に開けた場所へとたどり着いた。

滝壺のちょうど真横に出たらしく、激しい水音とともに、水気の満ちた清涼な空気が肺の中いっぱいに広がっていく。

「すっげー気持ちがいいな。地元のくせに、こんなところがあるなんて知らなかったよ。連れてきてくれてサンキュ」

深く澄んだ水の流れを見つめながら江沢が礼を言うと、生方は『いや、こっちこそ。…一緒にこられて嬉しいから』と、赤くなって目をそらしてしまった。

生方って、こんなにも照れ屋だったっけ？

告白されてからというもの、なんだか生方の表情が、前よりもずっとよくわかるようになった気がする。そう思うのは、江沢のほうもそれだけ生方のことをまじまじと気をつけて見るようになったからだろうか。

見慣れたはずの整った横顔に、照れたような笑みが浮かぶのを見つけるたび、なんだか知らない男と一緒にいるみたいな気がしてきてしまう。

他にも生方について、江沢が新たに発見したことはいくつかあった。

彼は、いつもじっと自分を見ている。

寺田や山口や他の誰かと一緒にいたとしても、まず最初に江沢を目にして、それから周囲へと目を配る。

以前は振り返れば生方がいつも一番近くにいたから、視線がよく合うのも当然のことのように感じていたが、こうして改めて見ると、その視線の違いは結構あからさまだ。

じっとこちらを見ているくせに、なにも言わないもの言いたげな瞳。

そのくせ視線が合うと、困ったように少しだけ微笑んですっとそらされる。

そのたび、江沢は左目の下の泣きボクロが揺れるのが気になって仕方なかった。

自分だけを、じっと見つめてくる瞳。

その視線を感じると、なぜか尻《しり》の据わりが悪いような、喉《のど》の奥になにかがつかえているような、もぞもぞとしたわけのわからない感覚に襲われてしまう。

だがそれは、決して不快なものではなかった。

「せっかくだから、ここでお昼にしようか」

見晴台にあったベンチで弁当を広げ、野山に咲く花や木の香りを楽しみながら、芹菜特製のカツサンドに二人でかぶりつく。

この時間も会社では、同僚たちが電話の対応に追われながら、ぺこぺこと頭を下げているのに違いないと思うと、なんだかものすごい贅沢をしている気分だった。

「ごちそうさま」

腹がふくれると同時に、急速な眠気がやってくる。

ベンチにごろりと横になると、木々の隙間から抜けそうに青い空が光っているのが見えた。

こんな風に空を見上げたのも、どれくらいぶりだろうか。

「このまま眠れたら、すっげー気持ちよさそう…」

呟くと、生方が空になった弁当の箱を片づけながら、『寝っててもいいよ。後で起こしてあげるから』と小さく笑った。

「ん」

その言葉に甘えるようにして目を閉じる。

生方の存在を傍に感じてはいたものの、心地よい沈黙がそこにはあって、江沢はほっと小さく息を吐き出した。

都会の雑踏とはまるで違う、閑《しず》かな木々のざわめき。聞こえてくるのは滝の水音と、どこからかぴーひょろろろと響き渡る鳥の声。

それに耳を澄ませていた江沢は、ふと強い視線を横顔に感じて瞼《まぶた》を震わせた。

……生方だ。

目を閉じていても、視線がじっと自分へと注がれているのを感じる。

髪や鼻筋。首を通って、半袖《はんそで》のシャツから覗く鎖骨や、指先に向かってその視線が移動していくのがわかる。

まるで視線にそっと、撫《な》でられているみたいだ。

江沢に好きだと告げたことで、自分の気持ちを隠さなくてもよくなったからだろうか。生方は以前よりも熱っぽく、露骨に江沢をじっと見つめるようになったと思う。

江沢のことをよく見ているのは前と同じなのだが、なんというか、その視線に含まれる温度が違うのだ。

江沢の髪の一房や、指先の微かな動きに至るまですべて見逃すまいとするみたいに、じっと熱く貼りついてくるのがわかる。

そのくせ実際に触れてくることは、決してない。

ただ、見ているだけで。

「……お前さ。いったい俺のどこを好きになったわけ?」

「えっ?」

まさか本人から、いきなりそこを聞かれるとは思っていなかったのだろう。

うっすら目を開けると、生方は激しく狼狽《うろた》えた様子で声をなくしていた。

こんなことを面と向かって尋ねる自分は、趣味が悪いのかもしれない。だがそれはあの日、生方から真剣な目で告白されたときから、ずっと考え続けていたことでもあった。

「自分で言うのもなんだけどさ。俺はお前と違って、見た目も性格も平凡そのものだし。特別に金があるわけでも、頭がすごく良いわけでもないし。……正直な話、お前にずっと惚《ほ》れててもらえるような美点があるとは、思えないんだよな」

生方の気持ちを疑っているわけでも、迷惑だと言っているわけでもない。

ただ、本当のことが知りたかった。

なぜ彼がそんな目で自分をじっと見ているのか。まるで江沢のすべてが好きで好きで、たまらないというような視線で。

「……そんなことないよ。俺から見たら、江沢はすごく…魅力的だと思うし」

生方はその目元を赤く染めながら、それでも照れくささそうに答えた。

「だからそれが、よくわかんないんだって」

言いながら、よいしょと身を起こす。

同じ視線の高さになってその顔をじっと見つめ返すと、生方は困ったように視線をそらした。その赤くなった耳たぶに、目が吸い寄せられる。色が白いせいで、余計赤くなっているのが目立つのだ。

口元に手の甲を当てたまま、生方はしばらくじっと考え込んでいたようだったが、やがてふっと息を吐き出した。

「……そういう、まっすぐなところ」

「え？」

「たとえば……長いこと音信不通だった男友達から、いきなり好きって言われたのに、引いたりしないで真剣に考えようとしてくれてるところ。……俺がすごくバカなことしたら、真剣に叱ってくれるところ。……でも、ものすごく怒ってても、結局最後はしょうがねーなって笑って許してくれるところ」

まさか、そんな風に言われるとは思わなかった。

「いや……だってそれは、本当に…しょうがねーだろうが」

もし見知らぬ男から突然告白されたとしたら、自分だって思いきり引いてしまっていたかもしれない。

だが相手は生方なのだ。

遠慮がちなその性格ゆえに、生方とケンカすることなどあまりなくて、どっちかといえば一方的に江沢が怒って、生方が謝ることのほうが多かった。

それでも自分が理不尽なことで彼にあたったりしたときは、素直に詫《わ》びたし、そのたび生方も笑って許してくれていたはずだ。

思わず呟くと、生方はニコリと笑った。

「うん。そういうところがすごく好き」

そう言い切られた瞬間、以前にも感じた妙な汗がどっと背中に浮かぶのを感じた。

……なんで、そんな風に笑って言い切れるんだ。

「まだまだあるけど」

「…え？　いや、ちょ…ちょっとやっぱ…」

もういい、タンマとストップをかける前に、目の前の唇が歌うように小さく笑った。

「すっと伸びた首筋が好き。四角くて長い爪の形が好き。笑うと片方にちょっとだけできる、えくぼが好き。黒くて綺麗な目の色が好き。他にも、たくさんあるけど…」

ためらいなく羅列された言葉の数々に、啞然《あぜん》とする。

そうしてたくさんの好きをよどみなく並べ立てた生方は、最後に視線を江沢へ戻すと、困ったように小さく笑った。

「ていうより……嫌いなところが思い浮かばない」

やっぱりこんなこと、面と向かって聞くんじゃなかったと思っても、遅すぎる。

耳まで赤く染めながら、それでも笑って告白してくれた生方に釣られて、江沢まで顔がかーっと真っ赤になっていくのが自分でもよくわかった。

「…そ、そうですか…」

そう答えるのが、精一杯で。

「うん。あの頃は……どうせ叶《かな》わないって思ってたし。こんなことをもし一言でも口にしたら、きっと軽蔑されるか、嫌われるんだろうってそう思ってたからね。……絶対に、怖くて言えなかったけど」

まるで言えなかった分を取り戻すみたいに、いっきにたくさんの『好き』を並べ立てた生方は、最後に『だから、今こうして言えるのがすごく嬉しいんだ』と満足したようにその目を細めた。

瞬間、その手で直接心臓を握られたみたいに、胸がきゅうきゅうとなった。

――なんだこれ。

なんなんだろうか、これは。

去年まで一緒に過ごしていた彼女から『好き』と言われたときですら、こんな風にはならなかったのに。

江沢は赤くなった頬《ほお》を誤魔化《ごまか》すように、もう一度『…そうか』と呟くと、再びごろりとベンチに横になった。

なぜだか、生方の顔をまともに見ることができなかった。

自分をずっと好きで好きで、本当はそう言いたくてたまらなかったと告げた男の告白に、引きずられたみたいに心臓が早鐘を打っている。

……そんな風に、思っていたのか。

びっくりしたというのはもちろんある。自分のことをずっと好きだったという話は聞いてはいたけれど、生方が自分のそんな些細《ささい》なパーツの一つ一つまで、大事に思っていただなんて知らなかった。

ずっと……そんな風に、想われていたなんて。

なんだかひどく喉の渇きを感じて、わざと生方に背を向けるように寝返りを打つ。

だがそうしていても、自分をじっと見つめる視線は相変わらずそこにあるのを感じて、江沢はこくりと小さく喉を鳴らした。


ばたばたという、激しい雨音に気がついて江沢はうっすら目を開けた。

久しぶりの山歩きで思ったよりも疲れていたのか、いつの間にか助手席でうつらうつらしてしまっていたらしい。

見れば、夕立なのか先ほどまでの青空が嘘のように、大粒の雨が車のウィンドウを叩《たた》きつけている。

「……生方？　どうかしたのか？」

それまで車を静かに走らせていたはずの生方が、突然、ハザードランプをつけて車を路肩に停めたことに気づき、江沢は首をかしげた。

「うん。なんかちょっと前の車がね…」

「ん？」

見れば曲がりくねった道の先で、車が一台、変な場所に停められている。

外は大雨が降っているというのに、車の中から出てきた男女が二人、傘も持たないまま外でなにやら騒いでいるのが見えた。

――なにしてんだ？

よくよく見れば、どうやら左側の後輪が側溝にはまって、抜け出せなくなっているらしい。

たぶん近くのキャンプ場にでも遊びに来ていたカップルだろう。その帰りにスリップでもしたのだろうか。

男のほうが、懸命に一人で車体を持ち上げようとしているものの、うまくいかないようだ。

雨の中で、薄着の女の子が心配そうに立ち尽くしている。

レッカー車を呼ぶにしても時間がかかるし、あれでは不安だろう。

「江沢は、ここでちょっと待ってて」

それだけ告げると、生方は素早く車のドアを開け、『大丈夫ですか?』と雨の中に出て行ってしまった。

叩きつけるようなどしゃぶりの雨の中、斜めになった車へまっすぐ走り去っていった広い背中をぽかんと見送る。

「……あんにゃろ」

この雨の中、少しもためらわずに出て行った男の背中に、少しだけ悔しくなった。

——どうせなら、俺も誘っていけっつーの。

ああいうところが、生方のすごいところだと思う。平気で困ってる人のために手を貸せる。

普段は、のほほんとしているくせに。

だが自分は、そんなことは前から知っている。

誰よりも、彼の一番隣にいたのだから。

えいっと扉を開けて車から降りた途端、降り注いできた雨は目に入ると痛いぐらい、ばたばたと叩きつけてくる。まるで嵐《あらし》みたいだ。

「…俺も手伝う」

同じように雨の中を走り寄ってきた江沢を見て、生方は驚いたように目を見開いていたが、『男三人で持ち上げれば、たぶんなんとかなるだろ』と伝えると、小さく笑ってこくりと頷いた。

「いきますよ。せーの！」

方向を確認し、かけ声とともに、その車体を持ち上げる。

中に乗った女の子がそれにあわせてアクセルを踏むと、脱輪していたタイヤはきゅるきゅると擦るような音を立てながら、無事元の車道へと乗り上がった。

「ありがとうございました。すごく助かりました。本当にありがとうございました」

何度も何度もぺこぺこと深く頭を下げたカップルは、二人とも赤い目をしていた。それに手を振って応える。

全身はびしょ濡れだし、側溝の向こう側は舗装されていなかったため、気がつけば足元まで泥だらけだ。

それでもなんだか気分はよくて、生方と二人で顔を見合わせて江沢はにっと笑った。

こんなに清々《すがすが》しい気分は久しぶりだ。心からのおじぎや、感謝の言葉も。

いまだに雨は激しく降り注いでいるというのに、さっき展望台で目にした空のように、ものすごく爽快《そうかい》で晴れやかな気分だった。

こんな風に同じことで喜べる相手がいるっていうのは、どれだけ幸せなことだろうか。

だがそのとき突然、生方はなにかを思い出したように、はっとものすごく情けない顔つきになった。

「あのさ…」

「うん？」

「ものすごく、いまさらな話なんだけど…。このままこのかっこうで車に乗ったりしたら……芹ちゃんに殺されないかな？」

「あ…」

おそるおそる、二人そろって背後を振り返る。そこにはシルバーピンクの新車が、雨に打たれながらも、ぴかぴかとしたハザードランプを光らせていた。

「ちょっと待ってて」

びしょ濡れのまま部屋に上がるわけにもいかず、江沢がその場で立ち尽くしていると、同じように濡れ鼠《ねずみ》となった生方は、慌てて洗面所へ走っていった。

「これ」

「サンキュ」

渡された大きめのタオルで手や顔の水分を拭《ふ》き取る。

泥で汚れてしまっているため、靴を脱いでいいものかどうか迷っているうちに、生方がもう一枚のタオルを手にしてきて、江沢の濡れた髪を覆ってくれた。

そのままがしがしと濡れた髪を手早く拭《ぬぐ》いはじめた手に気づき、顔を上げる。

「いいから、自分のほうを拭けよ」

「うん。でも、江沢のほうが濡れてるから…」

一緒だよ。バカ。

自分だって同じくらい濡れているくせに、生方としては江沢の髪から雫《しずく》が滴っていることが、気になってしかたないらしい。

「すぐお風呂用意するから。中に入って」

この前、あれだけ部屋に上がられることを渋っていたのが嘘《うそ》のように、あっさりと中へ通される。生方は自分も肩にタオルをかけると、江沢を洗面所に連れて行った。

「ここにシャンプーとかボディソープとかもあるから、好きに使って」

「お前が先に入れば?」

「江沢はお客様なんだから、先に入って。ともかくお湯がたまるまでは温かいシャワーを浴びて、お風呂のお湯がたまったらちゃんと中に浸かって。身体が冷え切ってるから」

珍しく、半ば強引に脱衣所に放り込まれる。

それに江沢は溜め息を吐くと、濡れて貼りついた服をなんとか脱ぎ捨てた。

汚れをシャワーでざっと流し、貸してもらったシャンプーで髪も洗いあげる。その頃にはちょうどよくたまっていたお湯にありがたく浸からせてもらうと、ようやく人心地がついた。

……あとで、洗車に行ってこねーとな。

あの車の中を見たら、芹菜が火を噴いて怒りそうだ。一応、気をつけてビニールなどで足を覆ったりしたものの、どうしてもあちこちに小さな泥や水はねがついてしまっている。

さすがにあの車でまっすぐ家へ帰る勇気はなく、せめて夕立のようなこの雨が上がるまで生方の家に寄らせてもらうことにしたのだが、本当に自分が先に風呂に入ってしまってよかったんだろうか？

そんなことを考えながら言われたとおり風呂に浸かってからあがると、生方が用意しておいてくれたらしいスウェットの上下が目に飛び込んできた。

さすがに下着はなかったが、ぐっしょりと濡れていたそれに再び足を入れる気にはならず、仕方なく、素肌にそのままスウェットを穿《は》く。なんだか内股が少しスースーして、居心地が悪い。

「風呂、お先に。サンキューな」

タオルを首にかけたまま、居間へ顔を出すと、キッチンで湯を沸かしている生方へと声をかけた。

こちらを振り返った生方は、なぜかそのときぎょっとしたように慌てて視線をそらした。

「え、江沢っ。なんで上、着てないの？　俺、もしかして出し忘れてた？」

「あ？　いや。さすがにこの時期に風呂に浸かったら、ちょっと熱くてさ」

冷え切っていたはずの身体は、すでにぽかぽかとして熱くなっている。

前髪をタオルで拭いながら答えると、生方はなぜかぎくしゃくとした様子で『そ、そう…』と答えた。

「お前も早く入ってきたら？　栓は抜いてないからすぐ入れるぜ？」

「い、いや。……いいです」

「なんで？」

「俺は……あとで入るからいいよ。それに、今コーヒーのお湯を沸かしてる途中だし」

「んなの、俺が続きをやっとくよ。風邪でも引いたらどうすんだ。入ってこいって」

一応、濡れた服は着替えたようだが、生方の柔らかそうな茶色い猫っ毛は、濡れてぺたりと固まってしまっている。

いつまでもそんな状態でいれば風邪を引くだろうと思って手を伸ばすと、生方は見てそうとわかるぐらい、びくっと全身を震わせた。

なんだ？　と思ってその横顔を見上げても、生方はまるきりこちらを見ようともせず、まだ沸かないコンロのヤカンをじっと見つめているばかりだ。

「……お前さ、そんなに俺に触られるのが嫌なわけ？」

「な…なんで？」

「お前、俺が触るたび飛び上がりそうなくらい驚くじゃんか。前に、この部屋に来たときも、俺を入れるのをものすごく渋ってたし…。今は目も合わせねーし。それってなんなんだよ」

人のことを、ずっと好きだったとか言ってたくせに。

これでは好かれているというよりも、びくつかれているといったほうが正しい気がする。

「違、違うよ！」

「なにがどう違うんだよ」

「……逆だってば」

「意味がわからない」

思わず眉を寄せて言い切ると、生方は困ったように目を伏せ、それからちらりと江沢へ視線を戻した。

「だから……その。江沢は…、ちょっと無防備すぎると思う」

右手でその口元を覆いながら、ぼそぼそと呟かれた言葉に目を見開く。

「はあ？　それ、男に向かって言う台詞じゃないだろ」

「男とか…っ、そういうのは関係なくてっ」

珍しく言い返してきた生方を見上げ、江沢は首をかしげた。

「うん？」

「俺しかいないって知ってるのに、平気で…家の中に上がってきたり。す、好きだって言ってる人間の前で、そういうかっこうをされたりすると……本当に困る」

そう言うと、再び真っ赤になって目を伏せてしまった友人を、江沢は呆気にとられた顔のままぽかんと見つめてしまった。

その後、視線を下へずらして自分の胸をまじまじと見下ろす。

……どこをどう見ても、真っ平らな男の胸だ。真っ平らすぎて、へそまで見える。

だが、もしこれが自分の立場で、相手が好きな女だったらと置き換えたら、『…なるほどな』と思ってしまった。

高校時代も、教室が暑ければシャツを脱いで下敷きで扇ぐくらいみんな普通にしていたし、プールでも体育でもぱっぱと着替えていたから、そこまで気が回らなかったけれど。

つまりは……意識してるということなのか。

まっすぐ江沢の目も見られなくなるほど。

そう理解した途端、先ほどから挙動不審な生方の行動も、なんだかいろいろと理解できた気がした。

そういえばこの前、『江沢を見てると触りたくなる』って言われたんだっけ。

「でもお前は別に、強姦魔《ごうかんま》にはならないだろ」

「な、なったらどうするの！」

「……なる予定なのか？」

真っ赤になって言いつのる横顔がおかしくて、つい突っ込んで尋ねると、生方は口元を手の甲で押さえるようにして『……っ。その予定は、ないけど…っ』と呟いた。

「ならいいじゃん」

「……そ、そうだけど…」

なんだこれ。

おかしいよな。『襲われるかもしれないから、気をつけて』と言われているのは、こっちのはずなのに。

耳まで真っ赤になって忠告してくる男のほうが、なんだか可愛《かわい》いとか思うだなんてどうかしている。

だが実際、そう思ってしまうのだからしょうがない。

しかもこの初《うぶ》すぎる反応…。今時の高校生のほうが、よっぽどすすんでるだろ。

生方はしばらく口元を押さえたまま俯いていたが、やがて困ったようにおそるおそる口を開いた。

「……頼むので。……目の毒だから、上にもなんか着てください…」

そんな風に照れながら頼み込まれると、なんだかこちらのほうが恥ずかしくなってきてしまう。

そんな気持ちを吹き飛ばすように、江沢がわざとずいと顔を寄せると、生方はぎょっとした顔で一歩下がった。

「お前さ。俺のこと見てると触りたくなるって前に言ってたけど、アレって今もそうなの？」

ずばりと切り込んだ途端、生方が一瞬、声を詰まらせる。

だが困ったように目を伏せたまま、くしゃりと歪めたその顔を見ただけでも、答えはなんとなくわかった気がした。

「そんなの……聞いてどうするの…」

どうするもこうするもないだろう。

普通、こうした状況なら美味《おい》しいと思うのが男だろうに。

「なら、触ってみるかなと思って」

自分でも、洒落《しゃれ》にならないところにまで足を踏み入れようとしているのは、わかっていた。

わかっていて、それでもあえてそう口にしたのは、ろくに視線を合わせることもできないでいる男のことを、うっかり可愛いなどと思ってしまったからかもしれない。

「な…に？」

「触ってみてもいいって言ったんだよ。こんなごつい身体でよければだけどな」

「い、いきなり…なに言って……」

「別に、いきなりじゃねーよ。普通デートって、そういうのも込みなもんなんじゃねーの？」

「江沢…」

生方は信じられないという顔で見下ろしている。

それはそうだろう。

これまでデートを繰り返していても、手すらも繋《つな》がないでいたのだから。

それでも振り向くと、いつもそこには生方の瞳があった。こちらをじっと見つめていて、江沢がそれに気づいて振り返った途端、困ったように小さく微笑む。

そういえば……高校時代の生方も、いつもそんな目で自分を見ていたことを思い出した。

なにかもの言いたげな、少しだけ切なそうな色合いの瞳で。

なのに、自分はその意味に気づかずにいた。

ずっとずっと、知らずにいたのだ。

彼が、どんな気持ちで自分を見ていたのか。

ドライブをしながら、今日一日、江沢はずっとそのことを考えていた。

「……ごめん。あの……俺、江沢に無理させるつもりじゃなくて…」

なのにこの期に及んで、血の気の失せた青い顔をして、そんなことを言い出した男に苦く笑う。

「別に、無理してるわけじゃねーよ」

柔らかな笑顔。笑うと線みたいに細くなる目。おっとりとした話し方。

江沢の言葉のひとつひとつに、いちいち真剣に頷いては相づちを打つその仕草も。

そうしたものに触れるたび、懐かしさと、なんとも言いようのない甘切ない気持ちが胸に溢れて、苦しくなった。

そういう気持ちを、確かめてみたいと思ったのだ。もしも、生方がそれを望んでいるというのなら。

だが、生方はそれにどこか苦しそうに顔を歪めると、ふるりと小さく首を振った。

「だって……江沢は、そういう意味で、俺のことを好きってわけじゃないよね？　なら、なんで…」

「正直な話をするとさ。たしかにお前のこと、恋愛対象として好きなのかって聞かれたら、はっきりそうだって、まだ言い切れる訳じゃないけど。……でも俺、お前にそうやってじっと見られるの、嫌いじゃないんだよ。たぶんお前に触れられるのも、同じだと思う」

それどころか、一生懸命、見ているだけで我慢しよう我慢しようとしているその姿を見るたび、なんでだか胸の奥が苦しくなるんだよ。

まるで息ができなくなるみたいに。

だが生方は、そんな江沢の前でくしゃりと顔を歪めた。

「別に……同情とか、してくれなくていいよ」

「はあ？　なんだよそれ」

思わず呆《あき》れた声を上げると、生方は泣きそうな顔をして、それでも目を細めて安心させるように小さく笑った。

「俺は、江沢とこうして一緒にいられるだけでもいいんだ。……本当は、好きだって告げたとき、こっぴどく振られるんだろうなって覚悟してたのに、好きだって言っても、嫌がらずに聞いてくれて。江沢が友達以上に俺のことを思ってないって知ってたけど、それでもつきあえるかどうか、もうちょっと考えさせてって言われた日は、嬉しくて嬉しくて眠れなかった」

やめて欲しい。

本当に、そんなことぐらいで幸せそうに笑ったりされたら、もっとたまらなくなるだろう。俺が。

「今日なんか朝からずっと一緒にいられて、何度も好きって言わせてもらって。……それだけでも、俺にとっては死にたくなるくらい幸せなことなんだよ」

「お前、そんな大げさな…」

「大げさじゃないよ。俺にとって江沢はずっと、あの月よりも遠い存在だったんだから……」

その目をじっと見て、君に好きだと言える。

それだけでも今は幸せなんだと、生方は目を細めて笑った。

その途端、江沢のほうこそなんでだか、すごく泣きたくなった。

とてもささやかなことを、まるで一生に一度だけもらえた宝物みたいに大事にしている目の前の男を、ふいにぎゅうぎゅうに抱きしめたくて、たまらなくなる。

「生方。俺、今からすごい自惚《うぬぼ》れたこと聞くけどさ」

「…うん」

「お前がさ、この五年俺に一度も会いに来なかったのって、もしかして……俺のせいなんじゃないの？」

尋ねると、生方の眉がぴくりと動いた気がした。

「それってさ……俺がお前の顔見てると、イライラするって言ったから？」

生方はなにも答えなかったが、泣き出しそうに細められたその目を見ただけで、答えはわかった気がした。

……やっぱりそうか。

おかしいとは思ってたんだ。いくらいきなり殴りつけられたとはいえ、いいわけすらせずに生方が姿を見せなくなるだなんて。

「で、でも、別に……それだけってわけじゃなくて」

「ってことは、やっぱりおおかたの原因はそうなんだろうが」

ここ最近、一緒に過ごしてみてよくわかった。

生方は、なにをするにも江沢の意見を尊重しようとする。

時に、……気にしすぎるくらいに。

「ごめんな」

ずっと伝えたかった一言を、ようやく唇に乗せる。

その途端、長いこと背負い続けていた荷物がふっと消えたように、肩が軽くなった気がした。

「どうして……江沢が謝るの？」

生方は目を丸くしている。

自分だって同じように謝っていたくせに、江沢のことはまるで最初から責める気がなかったと知れるその様子に、江沢は小さく苦い笑みを零《こぼ》した。

「俺さ、たぶん驕《おご》ってたんだ。お前の好意の上に胡座《あぐら》をかいて、たとえ俺が理不尽に怒ったとしても、お前はきっとすぐ謝りに来るはずだって、どこかでそう思ってた」

「……」

「なのに蓋《ふた》を開けてみたら違ったから、びっくりしたんだよな。お前と話すきっかけもないまま卒業式がきて、引っ越す当日になってもお前は現れなくて。本当は俺からお前に会いに行ってれば、すぐ済む話だったのにな。お前のほうから来るのが当然だって、そう高をくくってた。……本当はさ、雨宮《あまみや》のことなんかもうとっくに怒ってなんかなくて、お前と会いたいってずっとそう思ってたはずなのにな」

まさか、あんなケンカ別れが最後になるなんて思わずにいたから、あとになって激しく後悔した。

それでも自分から会いに行こうとしなかったのは、こっちからは絶対折れてやるもんかと意地になっていたというのと、なにより幼くて青臭かったちっぽけなプライドのせいだということを、江沢はもう認めないわけにいかなかった。

あの日、ただ『ごめん』と謝るしかできなかった生方の気持ちが、今ならわかる気がした。好きな相手に好きだと伝えることもできず、余計なことを言ってしまった理由を尋ねられても、答えることもできず。

『お前の顔を見てると、イライラする』

江沢にそう言われたからこそ、生方は自分の前から姿を消したに違いなかった。

あんなどうしようもない苦し紛れの一言が、彼をそこまで追い詰めるだなんて思ってもいなかった。

あれが最後の別れになるだなんて、そんな風に考えてすらいなかったのだ。

江沢に切り捨てられたと思って姿を消した生方が、今回いったいどれだけの勇気を振り絞って会いに来てくれたのか。それを思うと胸が熱く痛んだ。

そのくせ、見ているだけが精一杯だなんて。

「お前がいなくて、ずっと寂しかったよ」

「え…ざわ?」

「すごく、すごく寂しかった」

隠し事のない本当の気持ちを、そっと唇に乗せる。

まっさらな気持ちをさらけだすのはひどく怖くて、いたたまれない気持ちがしたが、それでもかまわないと思った。

「お前にあんなこと言わなきゃよかったって、ずっと後悔してた」

臆病で、恐がりで。そんな弱い自分をずっと好きだったと言ってくれた生方にになら、胸を切り開いて見せてもいいと素直に思えた。

再会してからの生方が、ずっとそうしてくれていたように。

「お前に好きって言われたとき、お前は『なんで引かないの』って聞いたけど、引くわけないじゃん。……嬉しかったんだから」

自分のことを昔からずっと好きだったと、そう告げた男。

それなのに、どうせ叶わないからと、人の片想いの片棒を担ごうとした男。

『あの頃、江沢にだけは嫌われたくなくて、なにも言えなかった』と、生方が山で呟いていたあの言葉は、きっと一番の真実だった。

ただ、傍にいられるだけでいい。もしも顔も見たくないほど嫌われたのなら、その場から姿を消してもいいだなんて。

バカじゃないのかと思った。どこまでお人好しなんだと。

あの日、ケンカ別れで終わってしまったことを、後悔していたのは自分も同じだったはず。

なのに、知らない振りをした。

ぽっかりと空いた左隣が寂しくて仕方ないのに、それすら気づかない振りをして、今日まで来てしまった自分も、きっと信じられないくらいの大バカ者に違いなかった。

「お前こそ……見てるだけでいいなんて、いったいどんだけ俺のことが好きなんだよ」

そしてどれだけ諦めてきたんだ。その心の中で。

優しい瞳の下に、言いたいことをずっと押し隠して。

おどけた風に笑ってやるつもりだったのに、思わず失敗してしまった。

『ばいばい』と、いつも笑って手を振って別れた帰り道。目元の泣きボクロが揺れていたのは、泣くのを我慢していたからなのか。

――今みたいに。

「……死ぬほど好き…」

なら、最初からそう言えよ。バカ。

そんな泣きそうな顔をして、目を真っ赤にして。でもちゃんと諦めてるから大丈夫なんて、そんな悲しいこと言うな。

喉の奥が、焼けたように熱くなる。

あの日、『わかった』と伝えたその一言に、どれだけの決意が込められていたのか、いまさらながらに思い知る。

「なら、ちゃんと欲しがれよ」

その言葉で、その手で。

ただじっと、見ているだけじゃなくて。

「……触りたきゃ、触っていいから」

こんなもんでよければ、好きにしていいよ。

「全部、お前の好きにしていいよ」

「江沢…」

「前にも言ったよな？　お前みたいなヤツに好かれて、嫌だと思う人間なんてそうそういないって。……今でもやっぱり、そう思うよ」

江沢の言葉に、なぜか生方はまた泣き出しそうに顔を歪めた。

それでも、今度は視線をそらしたりせず、生方はその指先を伸ばしてきた。

いきなり動いたりして生方を驚かせないよう、息を潜めて、手のひらが頬に触れてくる感触をじっと待つ。

どこか夢を見ているみたいな遠い目をして、江沢の頬にそっと触れてきたその優しい指先は、震えていた。

やがて肩を抱くようにして引き寄せられ、そのまま骨がきしむんじゃないかと思うくらい、

きつくきつく抱きしめられる。

なのに、逃げ出したいとはやっぱり微塵《みじん》も思わなかった。

「……江沢。江沢。江沢…」

裸の肩口へと押しつけられた、生方の柔らかな前髪。そこが濡れたように熱くなって、それで生方が泣いているのだと江沢にもわかった。

その背中をきつく抱いて、大丈夫だからと慰めてやりたくなる。何度でも。

それだけで、触れあう理由なんて十分だなと、そう思った。


その日、江沢は家に帰らないことに決めた。

「ともかくお前はまずは風呂に入って、温まってこい」

一瞬でも手を放したら、江沢がいなくなってしまうとでも思っているのか、生方は江沢に抱きついたまま、なかなか離れようとしなかった。その背中を宥《なだ》めるようにぽんぽんと叩く。

「なんて顔してんだよ。バカ。……いまさら逃げたりしねーから」

「でも…」

「お前の髪が濡れたままだと、皮膚にあたってひやっこいんだよ。それにそんな冷たい手で、俺のこと触るつもりなのか?」

上目遣いで告げた途端、それまでぐずっていたのが嘘のように、生方はぱっと手を放すと『すぐ入ってくるから』と部屋から出て行った。……単純な男だ。

「頼むから、江沢はそこにいてね。すぐに出てくるから」

それでもやはり心配らしく、何度も振り返っては確かめる生方に、『はよいけ』と手でしっしと追い払う。

「ちゃんとゆっくり温まってこいよ。お前の部屋で、大人しく待っててやるからさ」

「……っ」

煽《あお》るつもりではなかったのだが、そう伝えた瞬間、白い頬にさぁっと赤みがさすのが見えた。

「い…行ってきます」

言いながら、やや前屈みで脱衣所へと駆け込んで行った背中に、わけもなくにやけてしまう。

……おかしい。自分より五センチ以上もデカくてガタイもいいくせに、なんであんなにいちいちすべてが可愛いんだろうか。

だがそうして生方を待っている間、江沢はあることにふと気がついた。

祖父と生方の思い出の詰まったこの家は、広くて快適だが、一人暮らしには少し広すぎる気がする。今も生方が風呂に行ってしまうと、シンと静まりかえった空間をもてあましてしまうくらいに。

……だからだろうか。

生方が自分の部屋ではなく、テレビのある居間で勉強やレポートをやっていたのは。

あの人なつこい男が、こんな広い家でただ一人、暮らしているのかと思ったら、江沢はこれまでの自分を振り返り、いまさらながら強く悔やんだ。

……やっぱりもっと早く会いにくれば良かった。拒絶されるかもしれないなどと恐れていないで。

「あ、あれ？　江沢、どうしたの？」

宣言どおり、ものすごい早さで風呂から出てきた生方は、自分の部屋で待つと言っていた江沢が、居間にいることに気づいて小さくこくりと唾《つば》を飲んだ。

もしかして、いまになって江沢が嫌だと言い出すのかもと、恐れているのかもしれない。

その目が切なげに細められる。

だがもしもその最悪な予想どおり、江沢が怖《お》じ気づいて『やっぱり嫌だ』と言い出したとしても、きっと生方は逆らわない。きっと少し悲しげに笑って、『わかった』と頷くのだろう。

この男は。

そんな彼の愛情と優しさが、少しだけ喉の奥を熱くさせた。

「……お前が出てくるの、待ってた」

誘うようなことを口にしているのは、自分でもよくわかっていた。

一瞬、驚いたように見開かれた生方の視線が、じっと江沢を見つめてくる。

その視線はいつも以上に、じっとりとした熱を帯びていた。

その目に誘われたのか、自分から誘いをかけたのかはよく覚えていない。

無言のまま手を引かれ、二階へと連れて行かれる。生方の自室に入った途端、むっとした空気が身体を包み込んだが、生方は気にせずベッドへ江沢を座らせた。

ぎしりとベッドがきしむ音がして、どちらからともなく唇が触れ合う。

そのままキスを繰り返しながら、上になり下になり、もつれ合った。

余分な衣服をはぎ取られ、その視線の前で足を立てさせられたときも、江沢は抵抗もせず、生方のやるがままにまかせて足を開いた。

生方の前で身体を晒すのは、あまり恥ずかしくなかった。

同じ男だからというのもあるが、なんというか、いやらしい視線であちこち見つめられているというのに、その熱い眼差しで炙《あぶ》られるたび、『コイツは本気で俺のことが好きなんだな』と感じられるからかもしれない。

欲しがられているのがよくわかるのだ。

生方の手つきは、慣れてるとはとても言い難いものだったが、奉仕とでもいったほうがいいような熱心な愛撫《あいぶ》は、江沢の身体を熱くさせた。

本当に大切で大切で、仕方ないもののようにそっと指先で触れられる。

肩胛骨《けんこうこつ》や、背中に浮いた骨の一本一本の形。それをまるで指に覚え込ませるみたいに丁寧にたどられて、じれったい愛撫に息が上がった。

その間も、唇はずっとキスばかり繰り返していた。

唇を舐《な》められて、その舌を追いかけるとそっと舌先を歯で嚙《か》まれる。熱心なその動きに煽られて、抱きしめられる力強さに我を忘れた。

微かに震えている指先で胸を摘まれ、そっと口に含まれた瞬間は、そんなところで感じるはずないと思っていた江沢の中の常識が、百八十度ぐるりとひっくり返された。

何度も指でこねられ、舌先でつつかれ、直接的な下半身の快感とはまた別のスイッチを点《つ》けられる。

へその位置を指先でたどられ、降りていく手のひらに、下生えの毛まで愛しげに撫で下ろされた。

……こういうのを愛撫というのかと、それを身をもって体感させられる。

まさしく愛しげに、撫でられる、だ。

全身にキスを落としながら、最終的に下腹部へとたどり着いた生方の唇は、脚の間で揺れていた江沢の熱を優しく包み込み、江沢に声にならない声を上げさせた。

濡れた先を何度も優しく舐められ、柔らかな髪が内股に擦れる感触を味わいながら、絶頂へと導かれる。

「江沢？　江沢…大丈夫？」

ぐったりとした江沢を見下ろし、泣きそうな顔をして、尋ねてくる男がほんの少しだけ憎らしくなる。

自分に触られても嫌じゃないか、こんなところまで触れられて、本当に気持ち悪くなったりしていないか、本気で気にしているらしい横顔に、江沢はふぅと熱い吐息を吐き出した。

「……いちいち…、聞くな…て。見りゃ……わかんだろ」

そんなの聞かれたら、どこがどうよかったとか、答えなきゃならなくなるだろうが。

そういうのが恥ずかしいんだって。わかれよと恨みがましい目で上の男を睨《にら》み上げると、なぜか生方はまた小さく『う…』とうめいて、江沢の肩口に額を押しつけてきた。

「……そういう顔されると、困る」

「はぁ？」

「すっごく、エロ可愛くて困る…」

「……お前な」

ときどき、『……生方。お前は一度眼科で見てもらってこい』とポンとその肩を叩きたくなる衝動に襲われることがあるが、その最たる瞬間が今だ。

だが生方としてはかなり本気だったらしく、真っ赤になって俯くその横顔は、真剣そのものだ。それに江沢も、もはやなにも言う気が起きなくなり、『……もう、いいからお前の好きにしろ』と白旗を揚げた。

「うん…ありがとう」

立てた江沢の膝《ひざ》に今も微かに残る、子供の頃の傷跡。

そこに愛しげにキスを落としながら生方は、目を細めてうっとりと微笑んだ。

その瞬間、江沢は目の前の頭をかき抱くようにして、目の前の唇にキスを返していた。

どうしてそうしたのかはわからない。だがたまらなく、キスをしてやりたいとそう思った。

「……え?」

そのまま同じように、そろりと生方の下腹部へと手を伸ばす。すると『え、江沢は……そんなこと、しなくていいから』と慌てて身をよじられてしまった。それが悔しくて、わざと強引に生方のそこに手を伸ばしてやる。

触れて確かめた高ぶりは、これ以上ないほど熱く滾《たぎ》っているのだ。このままでは痛いだろうに。

「……っ、……江…沢」

「…いいから、俺にもやらせろってば」

手の中のそれをそっと握り込みながら囁くと、生方は主人から命令された犬のように大人しくなった。

一方的に奉仕されたいわけじゃない。同じように返してやりたい気持ちが、江沢の手の動きを早めていく。

江沢を抱きしめたまま、耳元で堪《こら》えるように零される熱い吐息。それが自分のキスや指先の動きだけで、翻弄《ほんろう》されていくのがわかる。

吐息の合間に繰り返し囁かれる、『好き。……江沢がたまらなく好き』という言葉に背筋がぞくぞくした。

どうやら生方は、これまで言えずにいたブランクを、いっきに埋めるつもりでいるらしい。

それほどの想いを、どうやって今までその胸にしまっておけたのかと、思わず問いかけたくなるほどの熱心さで何度も愛を囁かれ、最終的には江沢まで再びその手に触れられて、腰がくだけるまでめろめろにさせられた。

それからはまた上になり、下になり、その熱心さに引きずられるようにして何度も互いの欲望を吐き出し続け、気がつけばすっかり部屋の中は暗闇に閉ざされていた。

少し臆病で優しい生方の指先に、どこにどう触られても気持ちがよかったし、それと同じくらい江沢も目の前の熱っぽい目をした男に触れたがった。

単に快感を求めるためじゃなくて、こんな風に熱心に相手に触れたくなったのは、いつぶりだろうか。

「あの……嫌じゃ、なかった？」

闇の中、ベッドの上で寝転びながら、いまさらながらにそんなことを尋ねてくる男に、ひっそりと笑う。

「…お前は嫌だったのか？」

尋ね返すと、まさかという勢いで首を横に振られた。

「……死ぬほど、よかった。……できればまたすぐしたいくらい」

あまりにも正直で露骨な感想に、思わず肩が揺れてしまう。

「……さすがにすぐは、勘弁しろよ」

言いながら江沢が密やかに笑うと、生方はこっくりと神妙な顔つきで頷いた。

それをまたうっかり可愛いとか思ってしまい、江沢はそんな自分にも『ほんと、しょうがねーな』と小さく呟いた。


子供の頃、一か月以上あった長い夏休みも、気がつけばあっという間に過ぎ去ったものだったが、それは大人になっても同じらしい。

夏休み残りの三日間、江沢はそのほとんどを生方の家で過ごした。

生方から頼みこまれたというのも理由のひとつだが、なにより江沢自身が生方から離れがたかったというのもある。

「江沢、そのタオル貸して。こっちにもたれて」

「ん」

言われるがままタオルを手渡し、冷えたビールに口をつけながら、風呂上がりの髪を生方の好きに弄《いじ》らせる。

一度江沢に触れたことで、生方の中にあったはずの箍《たが》は、どこか外れてしまったらしい。

生方は江沢のことならば、なんでもやりたがった。それこそこうして濡れた髪を乾かすことまでも。

おかげでこの部屋にいる間は、江沢はなにひとつ自分でしなくてもいいらしい。

もともと世話焼きな男だよなとは思っていたが、それにしてもこの甘やかしっぷりはさすがに普通じゃないだろう。

今も生方は鼻歌まじりに、ドライヤーを動かしている。そんな彼を江沢はちらりと振り返ると『なぁ…』と声をかけた。

「お前さ、こんなのが本気で楽しいの?」

その途端、生方からは『うん。すっごく楽しいよ』とにっこり返されてしまい、言葉を失う。

「前は、ただ見てるだけしかできなかったからね。あの頃はいつも肩にもたれて寝てる江沢の髪とか、指先とか、触れてみたくてたまらなかったなぁ」

……そうですか。

まったく。なんなんだその特上スマイルは。見ているこっちのほうが、恥ずかしくなってきてしまう。

「あ、ごめん。もしかして、構われ過ぎてうっとうしかった？」

「……いや。いいよ……もう。どうとでもお前の好きにして」

照れくささを誤魔化すように、呆れた顔をしながら手の中のビールをいっきに呷《あお》ると、なぜか生方はその頬を微かに染めて、『う…』と小さく唸《うな》った。

「んだよ？」

「いや、だって……」

もじもじしながら『江沢……昨日、ベッドの中でも同じこと言ってたよね？』などと言うものだから、思わず江沢まで赤くなってしまい、お返しにその頭を軽くはたいてやる。

それでも生方は始終上機嫌で、幸せそうに笑っていたが。

その後も視線が合うたびキスをしたり、その腕の中で抱っこされたまま、言葉もなくぼうっとテレビを眺めたりして、残りの休みをだらだらと過ごした。

ずっとそんな風だったから、江沢の夏休み最後の朝がきたとき、生方は見てそうとわかるほど深く落ち込んだ。

夜には江沢がもういないのだという事実が、想像以上にきついらしく、朝から溜め息ばかり吐いている。

そんな情けない背中を叱咤《しった》するかのように、江沢は自分の荷物をまとめると、ぎりぎり最終の電車に合わせて家を出た。

駅に江沢を送り届けてからも、生方はなかなか家には帰ろうとせず、ホームの隅で電車がくるのを江沢と一緒になって待っていた。

そのしゅんとした横顔を見つめながら、江沢はこっそり溜め息を吐く。

「今度は、お前のほうから会いにくればいいだろうが」

「…うん」

だから、そんな情けない顔すんな。

そんな置いてきぼりの犬みたいな顔されたら、後ろ髪が引かれてしょうがないだろうが。

「……俺だって、いろいろ我慢してんだよ」

次の再会を待ちわびてるのは生方だけじゃないと、正直な気持ちを告げると、それまでしょぼんとへこんでいた生方は、ぱっと顔を輝かせて『うん』と何度も頷いた。

「あのさ……江沢」

「なに」

「あの。もしよければ……、その……手とか」

「なんだよ?」

「電車がくるまででいいから。手…を、繋いでてもいいかな?」

「ああ?」

こんな地元民が溢れる駅構内で、なにをアホなこと言っているのかと呆れて睨みつける。

いくらホームに人影がまばらとはいえ、それでも電車を待つ人は他にもいるのだ。

しかも自分は地元を離れて久しいが、生方はまだまだここで暮らしていかなければならないだろうに。

だがそれを江沢からの拒絶だと感じたのか、白い頬がひくりと引きつるのが見えた。

「……う。嘘です」

俯いた横顔が、またまたしょんぼりとしている。

それをたまらなく、愛しいとそう思った。

「しょうがねーな」

きょろりと周囲に一度目をやってから、江沢は生方の手を取ると、その指に指を絡めるようにして持ち上げた。

一瞬だけ、その手の甲に口づける。なによりも大切なもののように。

「今は、これだけで我慢しとけ」

いいながら笑ってぱっと手を放すと、生方は息を止めて目を見開いていた。

「……どうしよう」

ぼそりと呟いたその横顔は、すでに耳まで真っ赤だ。

「なにが」

「……今なら、本気で月でも摑《つか》めそう…」

十年越しの夢が叶ったと、電車がくるまでの間、生方は俯いたまま少しだけ泣いていた。

そんなつもりはなかったのに、見ていたらなぜか釣られて一粒だけ、江沢も涙を零してしまった。

もらい泣きなんて、あまりにも情けなくて知られたくないので、わざとそっぽをむいて知らない振りをしていたが。

夏休み最後の夜。

やっぱりもう一度だけとねだられて、ホームの端で隠れてそっと繋いだ手のひらも、釣られて零した小さな雫も、なにもかもが温かかった。

右隣の恋人

ただ――見つめるだけの恋だった。

地元を走るローカル線は、通勤通学の時間帯をのぞけばたいていが空いていた。

人もまばらな車両へと乗りこんだ江沢《えざわ》は、生方《うぶかた》の右隣へどさっと腰を下ろすと、ふわぁぁと大きなあくびを零《こぼ》した。

その無防備な横顔が可愛《かわい》く思えて、生方はふっと小さく微笑《ほほえ》む。

「江沢はまだバイト続けるの？」

「まぁ、ぎりぎり夏ぐらいまではな。それ以降はさすがに受験もあるから考えるけど。このバイト、朝早いのだけはきっついけど短時間で稼げるんだよなー」

江沢は高校入学以来ずっと、新聞配達のアルバイトをしている。どうやらそれで自分の大学資金を貯めるつもりでいるらしい。

その上、放課後になればサッカー部の厳しい練習にもちゃんとついていってるのだから、その頑張りには本当に頭が下がる。

それでもバイトと部活の両立は、きついときもあるのだろう。

電車に乗るやいなや、派手なあくびを繰り返しはじめた友人に、生方は小さな苦笑を零した。

「寝てていいよ。降りるときに起こすから」

「…ん。サンキュ」

声をかけると、江沢は当たり前みたいに、ことりとその頭を生方の肩へ乗せてきた。

江沢と触れる瞬間、生方はいつも少しだけ緊張して、息を止めてしまう。

だがそれに気づきもせず、江沢は安心したように目を閉じると、すぐに小さな寝息を立てはじめた。

最寄り駅へ着くまでの片道二十五分。

それが生方にとって、江沢を独り占めできる特別な時間だ。

彼の眠りを妨げぬよう、じっと同じ姿勢で固まったまま、生方は車窓から広がる外の景色に目を向けた。

山裾《すそ》の向こうへ、大きくて真っ赤な太陽がゆっくり沈んでいく。

深い群青へと入れ替わるほんの少し前の、橙《だいだい》と薄紫に彩られた空。たなびくように広がる金色の雲。

それらに見惚《みと》れるふりをして、生方は隣で寝ている人の横顔をそっと眺めた。

閉じた睫毛《まつげ》が、思ったよりも長いことだとか。

唇が、少しだけかさついているだとか。

そんなことを知るたび、胸が詰まって苦しくなる。

——このままずっと、こうしていられたらいいのに。

気がつけば、そんなありえもしないことを真剣に願ってしまう。

どんなに恋い焦がれてみたところで、この恋が叶《かな》う日は決してこないと知っているのに。

江沢には好きな相手がいる。ましてや自分と同じ男である親友から、そんな風に想われているだなんて、考えたことすらないに違いなかった。

そうしたこともすべてちゃんと分かっていて、なのにそれでも父や母を諦《あきら》めたときのように、簡単には諦めきれない自分がいる。

……どうしようもない。

寄りかかられた身体の右側半分が、ひどく熱い。

微《かす》かに聞こえてくる、安らかな寝息。

肩に乗せられた頭の重み。

それらすべてがたまらなく愛しくて、なのに自分のものには決してならないことが苦しくて、喉《のど》の奥が焼けるように熱くなった。

江沢がその身を預けてくるのは、それだけ自分を信用してくれているからだろう。

そうした彼からの絶対的な信頼を裏切ってしまっているような背徳感と、このままどこまでも電車が続いていけばいいのにと願ってしまう、後ろ暗い願望。

そのどちらもが生方の中には存在していて、いつも喉を甘く締め上げていく。

無防備に投げ出された長い指先へと目をやると、人差し指の先に小さな傷痕が見えた。

……そういえば昨日、プリントで切ったと話してたっけ。

もしも今、その手を取ってそこに口づけたなら。

君はどんな顔をするのだろうか。

そんなことばかり考えながら、そのくせ自分からは指一本触れることさえ叶わぬまま、生方はただ彼の隣で静かに揺られ続けた。

それが生方にできる、精一杯の初恋だった。


「そろそろかな…」

居間の柱時計をそわそわと見上げた生方は、深呼吸ひとつしてから携帯に手をかけた。

江沢の番号ならもうそらで言える。この一か月、しつこいくらいに繰り返し眺めた番号だ。

『…生方?』

何度目かのコール音のあとで、受話器越しに名を呼ばれる。それだけで耳たぶが、じんわりと痺《しび》れた。

「うん。ええと……いま大丈夫だった？」

『ん？　なにが』

「出るのが遅かったみたいだから…」

『ああ、悪い。さっきまで風呂に入ってた』

風呂上がりと聞いて、どきりとした。そんな生方を見透かすように、電話の向こうで江沢がくすりと笑う。

『…変な想像してんなよ？』

「し、してないよ？」

バレバレだったかな……と頰《ほお》を赤らめつつ、それでも慌てて言い返すと、江沢がまた喉の奥で低く笑った。

その笑い声だけで、生方は喉の奥が乾くような、背中がかっと熱くなるような、不思議な感覚に襲われる。

この五年、ずっと聞きたくてたまらなかった声だ。

それをこうしてまた耳元で聞ける日が来るなんて、ほんの一か月前までは想像すらしていなかったのに。

――こんなの、本当に夢みたいだ。

『でもお前、こんなにしょっちゅう電話してきて電話代は平気なの？』

そんな風にからかう声にさえ、そっと耳たぶをくすぐられている気分になる。

就寝前に江沢へ電話を入れるのが、最近の生方の日課となっている。

話す内容なんて、別にたいしたものはない。今日の夕食はなんだったとか、テレビで流れていたニュースの話題とか。江沢の仕事のこととか、生方の大学院での実験の話とか。

どれもこれも些細《ささい》な内容ばかりの上、十分程度と短いものだったが、それでも今の生方にとっては、なによりも大切な時間だった。

五年ぶりに再会した江沢が、また東京《とうきょう》へと戻っていってしまってから早一か月。

その間、生方の大学で学会の準備があったり、江沢に研修が入ったりして互いに休みが合わず、結局のところあれから一度も顔を合わせていなかった。

——顔が見られないなら、せめて声だけでもいい。

そんな想いに突き動かされて、ついつい電話やメールを重ねてしまったけれど、さすがに頻繁すぎただろうかと少し心配になる。

「……やっぱり、ちょっとうるさかった？」

『バーカ。誰もそんなこと言ってねーだろ』

おそるおそる尋ねると、江沢は『変に気を回すなよ』とそう鼻先で笑い飛ばした。

彼のそういう男らしいところも、好きだと思う。

『それで？　お前、いつこっちに出てくんの？』

「えっと、木曜日には上京する予定でいるよ。今度の学会の前に、うちの大学と共同研究をやってる企業の人たちと打ち合わせがあるんだ」

『ふーん。木曜ね。……わかった。なら俺もその日は少し早めに切り上げるから、夕方にどこかで待ち合わせて、メシでも食いに行こうぜ』

「…いいの？」

『ああ。せっかくだし、うまいもんでも奢《おご》ってやるよ』

江沢からのお誘いに目を輝かせて頷《うなず》いた生方は、手帳に待ち合わせの時間と場所を、大きな文字で書き込んだ。

……なんかこれ、デートみたいだ。

そんな乙女チックなことを考えながら、浮かれ気分で『じゃあ、木曜に』と口にすると、江沢は『ああ』と答えたあと、なぜかふっと黙りこんだ。

柔らかな沈黙が、少しだけ続く。

『……電話、切らないのかよ？』

「江沢が切ったら切るよ」

『そんなの、別にどっちから切っても一緒だろうが』

「はは。そうだね」

そのとおりだと思う。

それでも、できればその吐息をぎりぎりまで聞いていたいと願ってしまう。

そんな生方に、江沢はやっぱり呆《あき》れたように笑いながらも、『…んじゃ、またな』と呟《つぶや》いた。

「うん。おやすみなさい」

ささやかな挨拶《あいさつ》。たわいのない会話。

それを江沢と交わせることが信じられないほど嬉しくて、生方は電話が切れたあともしばらくの間、ぼうっとしたまま手の中の携帯を握りしめていた。

そのときふと、メールの着信音が鳴り響く。

慌てて開いてみれば、届いていたのはたった一行の短いメール。

『言い忘れた。おやすみ』

江沢らしい、素っ気ないそれがひどく愛しくて、生方は携帯を握りしめながら、ベッドの上をごろごろと転げ回った。

「あー……どうしよう」

バカみたいに幸せだと、そう思った。

「なんだ生方。お前が来てたのかよ」

休憩中、ビルの三十階にある社員向けのドリンクコーナーで、紙コップに注がれたお茶をすすっていた生方の前に、すっと影が立ち塞がった。

顔を上げれば、見慣れた人物が立っていた。

「遠いところまで、わざわざご苦労だな」

「白井《しらい》先輩……お久しぶりです」

白井は生方と同じ大学の、遺伝子工学科の卒業生である。

卒業後、白井はこのNCコーポレーションに研究員として就職したが、大学と共同で行っている研究事業の関係で顔を合わせる機会も多く、いまだに親しくしている間柄でもあった。

「橋元《はしもと》教授は？　今日は来てねーの？」

「今やっている論文から、まだちょっと手を離せそうにないらしいので。来週頭には来るそうです」

現在、生方のいる大学院では、砂漠の緑地化のための研究開発を行っている。

熱波に強い麦の開発や、塩分量が多い土地でも根付く樹木。水分が少なくとも育つ大豆。

そうしたいろいろな作物の改良や開発を、各分野の企業や専門家と協力しながら進めているところだ。

白井のいるNCコーポレーションもそうした企業のひとつであり、次の学会では共に研究成果を発表する予定で動いていた。

データ考察のすりあわせ等は以前から行ってきたが、学会前には詳しい打ち合わせをしなければならず、教授の代理として生方がやってきたのだが。

「お前、いまだにタダ働きの助手扱いされてんのか。相変わらずどんくせぇやつだな」

「あはは…」

白井のあけすけなこの口の悪さも、相変わらずらしい。

目鼻立ちの整った綺麗《きれい》な顔立ちをしているくせに、白井はその見た目に反して、かなりガサツで横暴な性格をしていると、大学時代から有名だった。

だが研究に対する熱心な姿勢には見習うべきところが多く、生方にとっては教授の次に、頭の上がらない存在でもある。

「別に教授の代わりに打ち合わせに出るくらいいいですよ。それに今回は、別の用もあったし…」

「用って？」

「ちょっと、こっちで人と会う約束があって…」

「ふーん」

伝えると、なぜか意味ありげに目を細められた。

白井にそういう目つきで見つめられると、なにかいろいろなものを見透かされていそうな気がしてしまう。

妙に居心地が悪くて、視線をウロウロと泳がせているうちに、白井が再び口を開いた。

「まぁいいや。お前、しばらくこっちにいるんだろ？　今夜はどこに泊まんの？」

「一応、ビジネスホテルに行こうかと思ってますけど…」

「宿代がもったいねーだろ。それぐらいなら、うちに泊まって代わりにメシでも作っていけよ。そのほうがよっぽど経済的だ」

過去にも何度か、生方が教授のお供で上京したときに、白井が自分のマンションを宿代わりに提供してくれたことがあった。

家事がからきし駄目な白井は、生方が泊まったときにやってもらえる掃除や料理が目当てらしいのだが、それぐらいで宿代が浮くのは生方としても助かる。

「ありがとうございます。でも今日はこのあと人と会う約束をしてるので、ちょっと何時になるか時間が読めないですし…」

「どうせこっちもまだまだ帰れそうにねーから気にすんな。来るときにでもメールしろよ」

「じゃあ……分かり次第、連絡します」

伝えると、白井は『ああ。その代わり、あとでいろいろと話を聞かせてもらうからな』と、なぜか意味深にニヤリと笑った。

「暑…」

電車から一歩踏み出した途端、むっとした空気が、生方の全身を包み込んだ。

新宿《しんじゅく》駅はいつ来ても、まるで縁日みたいに人が溢《あふ》れかえっている。

その人混みをかき分けるように歩きながら、なんとか待ち合わせの花屋の前までたどり着いた生方は、きょろりとあたりを見渡した。

どうやら、江沢はまだ来てはいないらしい。

……一か月ぶりに、江沢と会える。

そう思っただけで、手のひらにじわりとした汗が浮かんでくる。

妙な緊張感を覚えながら、どこかおかしなところはないかと自分の姿をきょろきょろと見回していた生方は、人混みの中でもたった一人、目を惹く人物に気づいてぱっと顔を輝かせた。

どれだけ人混みの中でも、江沢だけはすぐに分かる。

「江沢」

声をかけると、江沢もすぐこちらに気がついたようだ。

手を上げながら近寄ってきた彼と、視線があった瞬間、性懲りもなく胸がどきどきと高鳴った。

IDA FLOWERS

「悪い、待たせた。帰りがけにいきなり、得意先から連絡入ってさ…」

黒くて綺麗な強い瞳。きりりと結ばれた口元。

笑うとちょっとだけできる、片側のえくぼも。

江沢は、昔から可愛くてかっこいいと思う。

一か月ぶりの想い人の姿に、声もなくぼうっと見惚れていると、江沢がいぶかしげに眉をひそめた。

「おい、生方？　……お前、立ったまま寝てんじゃないだろうな」

「え？　あ、ごめん。なんか、江沢のスーツ姿って、はじめて見たから…」

ぱりっとしたスーツに、ブルーチェックのネクタイは、江沢の爽《さわ》やかな顔立ちをいつもより男らしく見せていた。

「なんだよ。見惚れるほどかっこいいか？」

言いながら、江沢がニヤリと悪戯《いたずら》っぽく笑う。

「うん」

それに生方が素直に大きく頷き返すと、なぜか江沢はぐっと声を詰まらせたように、押し黙ってしまった。

「お前ね…」

「え？」

少しだけ頬を赤く染めながら、なにか言いかけた江沢は、『いいや……ともかく行こうぜ』とくるりと背を向け、さっさと先を歩き出してしまった。

遅れないよう、生方も慌ててそのあとをついて行く。

いつものように江沢の左隣に追いつくと、江沢もようやくゆっくりとした歩幅になって合わせてくれた。それだけのことに妙に浮き足立つ。

「忙しいのに、わざわざ迎えにきてもらっちゃってごめんね」

「いや。お前、こっちの駅に慣れてないって言ってただろ。店もちょっと分かりにくいとこにあるし。でも……考えてみたら、お前のほうこそ都内育ちなんだよな」

「そんなの子供の頃の話だよ。今じゃ新宿駅なんて、巨大迷路みたいだし」

正直な感想を告げると、江沢は肩を竦《すく》めて『分かる。俺も最初こっちきたときそう思った』と低く笑った。

両親が離婚するまでは、たしかに生方も都内で暮らしていたけれど、あれからもう十年以上の月日が経っている。

田舎のローカル線にすっかり慣れきった身としては、工場のベルトコンベアー並みに次々改札をくぐりぬけていく人の群れを見ているだけで、圧倒されてしまいそうだ。

やがて地下街から地上へと続く階段を上ると、江沢は『そこ、すぐ入ったとこ』と狭い路地を指さした。

「店自体はすごく古いんだけど、味は保証するから。昼は日替わりのランチを安くやってて、学生時代はよく仲間たちとお世話になったなー」

「へぇ」

「でも、本当にそこでいいのか？　ボーナスも入ったばっかだし、もっと高い店でもいいんだぞ？」

「いいんだ。江沢がよく行ってたお店を見てみたかったから」

再会するまでの江沢のことを、生方はまるで知らない。

離れていた五年間。江沢がこの地でなにを思い、どう暮らしていたのか、生方には知るすべもなかった。

江沢の生活に触れることは、彼の生活を垣間見るみたいでドキドキするのと同時に、やはり嬉しい。そう思って『江沢がよく行ってたお店がいい』とリクエストしてみたのだが、江沢は『変なやつ』と笑いながらも、そのとおりの店へとつれてきてくれた。

古ぼけたビルの一階に、その店はあった。

足を踏み入れると、入ってすぐに木目の綺麗なバーカウンターが目に飛び込んでくる。店内は結構広く、落ち着いたオレンジのライトの下、年代物だと分かるテーブルやソファがいくつか配置されていた。まるで昭和初期に流行《はや》ったカフェバーといったような雰囲気だ。

木曜の夜にしては、テーブル席がそれなりに混んでいたため、二人揃ってカウンター席に腰を下ろした。

「なんかレトロっぽくて、素敵なお店だね」

「このビル自体かなり古いらしいからな。奥にあるエレベーターなんかすごいぜ。開閉扉がいまだに手動なの」

「え？　手動って……もしかして自分で扉を開けるってこと？」

「そう。しかも扉は一応二重構造になってるんだけど、その扉自体がただのフェンスだから、上がっていくときに中の配線とかが丸見えなんだよな」

「……それって怖くない？」

「実は、ちょっとだけ怖い」

言いながら江沢が笑うと、片頬に小さなエクボが覗《のぞ》く。

懐かしいそれに、生方の胸の奥がきゅっと甘く疼《うず》いた。

ささやかな秘密を共有するときの、悪戯っぽい笑顔。彼のそんな表情を見るのが、昔から好きだった。

見ているだけで、いますぐ抱きつきたくなってしまう。

……さすがにここでそんな真似《まね》をしようものなら、思い切り蹴《け》られるだろうと分かっているので、やりはしないが。

なんだか江沢と再会してから、いつもこんな感じだ。

そわそわと浮き足立つような、喉の奥がじわじわと熱く締め上げられるかのような感覚が、ずっと続いている気がする。

「ちょっと、ヤダ。……江沢じゃない？」

そのときふと響いてきた声に振り返ると、奥のテーブル席に座っていた女性の中の一人が、驚いたようにこちらを見つめているのが見えた。

「もしかして、相川《あいかわ》か？」

「そうよ。わー、ものすごく久しぶり。大学の追いコン以来だったっけ？　あ、そのあと八木《やぎ》君の結婚式でも会ったか」

言いながら、彼女は友人たちに断って席を立つと、笑顔でこちらに近づいてきた。

「江沢は元気だった？」

「まぁまぁだな。そっちは？」

「こっちも相変わらずよ。みんなとときどき会ったりしてる。ええと……そちらは？　江沢の会社の方？」

ちらりと向けられた視線に気づいて、生方がぺこりと頭を下げると、江沢はやや微妙な顔つきで、『いや。会社じゃなくて、地元の友人』と紹介してくれた。

――地元の、友人。

なにげないその一言に、胸の奥の深い部分がほんの少し、ぎしと音を立てて軋《きし》んだ。

江沢に他意がないことは知っている。他に、生方のことをうまく説明できるような言葉がないことも。

それでも自分たちの立ち位置を、改めてくっきりと線引きされたような気がして、生方は勝手に浮かれまくっていた自分を、ほんの少し恥ずかしく思った。

「どうもー、相川紀子《のりこ》です。江沢とは同じ大学のゼミで、一緒に地獄を見た仲間でーす」

紀子は人見知りをしないタチなのか、はじめて会う生方にも物怖《ものお》じせず、にこにこと笑いかけてくる。

ボブカットの似合うかなりの美人で、はきはきとした話し方が耳に心地よかった。

「どうも、はじめまして。生方です」

「やだ、声もいい。なんかものすごくかっこいい人がお店に入ってきたねーって、あっちで会社の同期の子と噂してたんですよ。そしたら隣に江沢がいたからびっくりしちゃった」

「……悪かったな。余計なおまけつきで」

「やーね。誰もそんなこと言ってないじゃない」

江沢がじとっとした横目で見つめると、紀子は『あははは』と笑って江沢の肩をぽんぽんと叩《たた》いた。

その気安い仕草に、どきりとする。

「でも江沢にこんなかっこいい友達がいるなんて、知らなかったわよ。どうしてコンパのときに連れてこないのよ」

「コイツが住んでるの、都内じゃねーし。今日はたまたまこっちに遊びにきただけで」

「にしたって、こんな男前を隠しておかないでよ。……ね、生方さんでしたっけ？　よければこれから一緒に飲みませんか？　うちらも女三人だし、ちょうどいいでしょ」

――――え？

突然のお誘いにびっくりした。

なんと答えればいいのか分からず、チラリと江沢に視線を向けると、江沢も同じように驚いたように目を見開いている。

「ええっと…」

せっかく一か月ぶりに江沢と会えたのだ。

――本音を言えば、できれば今夜は江沢と二人きりでいたい。

だが彼女も、江沢と会うのは久しぶりだと話していた。ただの『地元の友人』でしかない自分が、江沢を独占したり、彼の友人関係を勝手に切っていいのだろうか。

「俺は別に、構いませんけど…」

仕方なく、生方が笑ってそう口を開きかけた時、隣にいた江沢が言葉の先を遮るように割って入った。

「相川。悪いけど、今日は遠慮しとくわ」

「えー？　なんでよ」

「俺もコイツも今会ったばっかで、まだろくにメシも食ってないんだよ。それにちょっと仕事の話もあるし。……今日は男二人でわびしく、静かに飲んどくわ」

「そっか…。ならしょうがないわね。じゃあ今日は大人しく退散してあげるけど、この埋め合わせはちゃんとしてよね」

江沢のきっぱりとした言葉に、ようやく紀子も諦めがついたのだろう。『生方君も、またね』と手を振りながら元の席へと戻っていった。

「なんかすごく……元気な人だね」

「ああ。学生の頃から、アイツはかなりちゃきちゃきしてたな」

まるで台風みたいにやってきて、あっという間に去っていった。

「ええっと……それで、江沢の仕事の話って？」

「なにが？」

「あれ？　今、仕事の話があるとか言ってなかった？」

「ああ。そうとでも言っとかないと、角が立つだろ」

……なるほど。

営業として社会人経験を着実に積んでいる江沢は、いつの間にかそんなスマートな対応も、身につくようになっていたらしい。

いつまでも、ただ『江沢に会いたい。江沢を独り占めしたい』と、そんなことばかり願っている自分とは大違いだ。

「あの……でも本当に断っちゃってもよかったの？」

「ああ？　なんだよ、お前。もしかして相川たちと一緒に飲みたかったのか？」

胡乱《うろん》げな眼差しでじろっと見つめられて、慌ててぶんぶんと首を振る。

「ち、違うよ。ただ、久しぶりに会ったって彼女も言ってたから…」

「別にいいよ。せっかくお前がこっちに出てきてるのに、他はいいだろ」

言われた言葉に、胸がきゅっとなった。

それはもしかして、なによりも自分のことを優先してくれたということなのだろうか。

「それに相川とは、会おうと思えばいつでも会えるしな」

「…そっか」

たしかに、言われればそのとおりだ。

一瞬、勝手に期待をして、胸を高鳴らせたあとだったからこそ、その後に続いた台詞《せりふ》にがっくりきた。

……本当に、バカみたいだなと思う。

江沢の一言に、勝手に一喜一憂しては、浮かれたり落ち込んだりしているのだから。

そういう意味では、自分は高校時代からあまり成長していないのかもしれない。

「それで？　俺は生ビールと野菜スティックにするけど、お前はなんにする？」

「あ…じゃあ俺も、それで」

「メシは？」

「江沢はなににしたの？」

「俺は煮込みハンバーグ。ここのはデミグラスソースがめちゃくちゃうまい。それ以外のオススメだと、ラザニアか、季節野菜とチキンのソテーかな」

「じゃあ、俺も同じもので」

江沢のお気に入りのメニューでいいよと告げると、江沢は『お前な…、別にいちいち俺にあわせなくていいんだぞ』と苦笑した。

「ちゃんと自分の好きなものにしろよ？」

「うん。江沢の好きなものは俺も好きだから」

昔から、江沢とはいろいろなところで趣味がよくあった。

江沢が美味《おい》しいと思うものは、たいてい生方も美味しいと感じる。

そのつもりで答えたのだが、なぜか江沢は少しだけ声を詰まらせながら、『…あっそ』と目元を赤くした。

たいして飲めもしないくせに、江沢に釣られて珍しくビールを何杯かあけた生方は、幸せな気分で店をあとにした。

「すごく美味しかった。ご馳走《ちそう》様」

「ああ」

お世辞ではなく、江沢おすすめの煮込みハンバーグは、文句なく美味しかった。

隣についてきたパセリライスにもデミグラスソースがかかっていて、どちらかというとハンバーグ入りビーフシチューといった感じだったが、それもまた美味しくて食が進んだ。

駅までの道を、風を感じながらゆっくりと歩いて行く。

ネオンが激しくまたたく街は、田舎と違って夜でも人通りが多かったが、江沢の隣で並んで歩いているというだけで、高校時代が思い出されて懐かしくなる。

そういえば……昔から江沢とは、こうして黙って歩いているだけでも、沈黙を気まずいと感じたことは一度もなかったっけ…。

けれども今夜は少しだけ違っていた。

蒸し暑い空気に当てられたのか、それとも飲み慣れないアルコールのせいなのか。

二人の間に流れる沈黙が、妙に熱っぽく感じられるのは、気のせいだろうか。

「……生方。お前、いつまでこっちにいられんの？」

江沢からの問いかけに、はっと我に返る。

「ええっと…来週の学会にも参加するつもりだから……、一週間ぐらいかな？」

「今日は、もうそっちの用事はいいのか」

「うん。ここに来る前に済ませてきたから」

答えると、江沢は『そうか』と頷いた。

「なら、あとはこのままうちへ直行でいいよな？」

「えっ？」

――うちって、もしかして江沢の家ってこと？

思いがけない話に足を止めると、隣を歩いていた江沢も不思議そうな顔でその場に立ち止まった。

「え？　ってなんだよ」

「いや、あんまり遅くなってからお邪魔するのは、迷惑かなと思って…」

「は？　だってお前、今日からしばらくうちに泊まるんじゃねーの？」

――はい？

一瞬、脳内がフリーズする。

上京している間に、できたら一度くらいは江沢の住むところにもお邪魔してみたいななどとこっそり思ってはいたけれど、まさか泊めてもらえるとまでは想定していなかった。

第一、今日はまだ平日で、江沢は明日もまだ仕事があるはずなのに。

「ええと、そんな面倒をかけるつもりはなくて…」

「じゃあお前、一週間もどこに泊まる気でいたんだよ？」

尋ねてくる声が、妙に低い。それに慌てたように生方は口を開いた。

「その、こっちに共同研究でお世話になってる先輩がいて、いつ来てもいいからって言ってくれてるんだ。もともとは、ビジネスホテルでもいいかと思ってたぐらいで…」

「はあ？　なんだそりゃ。こっちはお前がやっと出てくるって言ってから、わざわざ客用の布団までひっぱり出しといたっつーのに…」

予想外続きの台詞に、びっくりしすぎてなんと答えればいいのかわからなかった。

まさか、布団まで用意しておいてくれていたなんて。

「もしかして……江沢は、はじめから泊めてくれるつもりだったの？」

おそるおそる聞き返すと、江沢はぷいと横を向いて、また先を歩き出してしまった。

「……お前が嫌だったら、別にいいけどな」

「えっ、嫌じゃないよ！　っていうか、嫌とか思うわけないし…」

慌ててあとをついて行ったが、江沢は振り向きもしないまま、ぼそりと呟いた。

「すげー狭いとこだし。家賃が安いぶん、かなり古くさいしな」

「そ…そんなの、ぜんぜん構わないから！」

江沢と一緒にいられるなら、たとえば野宿だって構わないのだ。本当は。

「あと、壁が薄くて大きな声は出せねーから、悪さもできねーよ?」

――それは、どういう意味でしょうか?

さすがにそこはさらりと突っ込めなくて、思わずぴたりと押し黙ると、先を歩いていた江沢がこちらをくるりと振り向いた。

その瞳が、悪戯っぽく細められる。

「それでもいいなら、うちにくるか?」

……もちろんです。

それに見えない尻尾を振りながら、生方は『…是非、よろしくお願いします』と頷いた。


江沢からの思いがけないお誘いを受けた生方は、白井には断りのメールを入れたあと、江沢とともに彼の城である1DKのアパートへと向かった。

アパートは江沢が宣言していたとおり、ちょっと古びてはいたものの、私鉄の駅からほどよい距離の閑静な住宅街にあった。

「遠慮なく上がれよ」

「……お邪魔します」

緊張しながら玄関で靴を脱ぐ。男の一人暮らしらしく、家電製品やCDや雑誌といったものの他は、余分なものはあまり置いていない部屋。

ジロジロ見るのは申し訳ないと思いつつ目をやると、まだ畳まれていない洗濯物がベッドの上にそのまま乗っているのが、おおざっぱな江沢らしくて、思わずクスリと笑ってしまう。

「冷たいお茶でもいいか?」

「あ、うん。ありがとう。でもおかまいなく」

冷蔵庫から麦茶の入ったペットボトルを取り出しながら、コップに注ぐ江沢をなにげなく見ているうちに、江沢は窮屈そうに首もとに指を入れ、ネクタイをしゅるりと緩めた。

そのなにげない仕草に、胸の奥がざわりとして慌ててそこから視線をそらす。

「そういや、お前が俺の部屋にいるのって、なんかものすげー久しぶりな気がするな」

差し出されたコップを受け取りながら、生方は『ありがとう』と頷いた。

「それは…しょうがないよ。ずっと連絡を取ってなかったんだし」

「それだけじゃなくってさ。地元にいるときも、俺がお前のうちに上がり込んでたことのほうが、ずっと多かっただろ?」

言われた瞬間、恥ずかしくて懐かしい記憶までもがどっとよみがえってきた。

江沢の言うとおり、江沢への恋心を自覚して以来、生方はなるべく彼の部屋には立ち入らないようにしていた。

「そ、それも仕方がないっていうか」

「なんで」

「……あの頃から、江沢の部屋に入ると、ものすごく緊張してたし」

へたに入り浸って、彼を邪《よこしま》な目で見ていると知られてしまうのは恐ろしかった。

なによりも、江沢の濃厚な気配に包まれた部屋で、なんの反応もしないでいられる自信もなかった。

事実、下半身がやばい感じになりかけて、慌てて家へ飛んで帰ったこともある。

彼を想いながら自分の手で慰めたあとは、ひどく情けなく、また彼を汚してしまっているような気もして、いたたまれない気持ちになったものだ。

「緊張するのか？」

「そりゃ……するよ。……好きな子の部屋なんて…」

正直に答えると、なぜか江沢は楽しそうな顔つきでこちらをじっと見つめてきた。

……あまりそういう目でじっと見られると、困る。どきどきして困る。

「ふーん。俺はお前の部屋に行ったり、お前の匂い嗅ぐと、すげー安心するけどな？」

「そ…そう？」

「うん」

一瞬、どっと心音が高くなった。

なんだか今、ものすごいことをさらりと言われた気がする。

それを喜ぶべきなのか、それとも男として意識されてないことを嘆くべきなのか、よくわからないままあたふたとしているうちに、江沢は『緊張なんかしなくていいから、足、崩せよ』と笑った。

そうやって、笑って流してくれることにホッとする。

――今はもう、あの頃とは違うんだ。

自分の恋心は、とっくに江沢に知られている。緊張することには変わりがないけれど、妙に気持ちを隠しだてしたりする必要がない分、気負わなくていいのはありがたかった。

……どうしよう。なんか、泣けてきそうだ…。

生方のそうした下心込みの気持ちを、江沢が気にせず笑って傍にいてくれている。

それだけで、どれだけ心救われているか、きっと江沢本人は分かっていないだろうけれど。

江沢に入れてもらったお茶をありがたくちびちびと飲みながら、ベッドの足元でちょこんと腰を下ろしていると、ふいにぽんと膝の上にバスタオルが降ってきた。

「先にシャワー浴びてきたら？　外、蒸し暑くて汗かいただろ」

「う…うん。ありがとう。借りるね」

言われるがまま、ぎくしゃくしながら風呂場へと向かう。

好きな子の家で風呂を借りるというのは、またそれはそれで格別にどきどきするものだ。置いてあったシャンプーは、手に取ると、オレンジシトラスの甘く爽やかな香りがした。わー…。普段、これを江沢が使っているのか。

そう思っただけで、頭の中がくらくらとしてくる。同時になにか余計な部分まで反応してしまいそうで、そんな自分を誤魔化《ごまか》すように、生方は慌ててごしごしと身体を洗った。

少しぬるめのお湯で頭をすっきりさせてから部屋へ戻ると、ベッドのすぐ脇には、彼が用意しておいてくれたらしい客用の布団が、一組置いてあった。

「もし疲れてたら、先に寝ててもいいぞ」

言い置いて風呂へと入っていった江沢を見送ると、生方は言われたとおり、もそもそと大人しく布団の中へと潜り込んだ。

まだ眠るには早すぎる時間だ。

しかし、そこかしこにある江沢の濃厚な空気を感じながら、なにも感じずにいられるだけの自信もなかった。

ならばここは無理矢理にでも、早く寝てしまうに限るだろう。

そうじゃないと、いろいろと危険だ…。

——一か月前、生方は江沢に一世一代の告白をした。

いつまでも胸にくすぶり続ける、不毛できらきらとした恋心。

それに終止符を打つためにも、いっそ告白してこっぴどく振られてしまえば、すっきりするかもしれない。

そう思って、ありったけの勇気を振り絞って会いに行ったかつての親友は、相変わらず澄んだ黒い眼差しが清々《すがすが》しく、その笑い方も、さばさばとした話し方も、すべてが生方の胸を甘くかき乱した。

告白したところで、結果は聞かずとも分かっていたから、最初からなんの期待もしていなかった。

『気色悪いこと言うな』と、再び避けられることになったとしても仕方がないと、覚悟もしていた。

だがその予想に反して、江沢は生方からの告白を頭ごなしに突っぱねたりはしなかった。それどころか、生方の気持ちを知ったあとも、こうしてつきあってくれている。

それだけでも、ありがたいと思わなければならないだろう。

まっすぐで、思い切りが良くて。

ようやく取り返した友情を諦めるぐらいなら、身体ぐらい別に好きにしていいと、その手で生方を抱きしめ返してくれた人。

そうやって手に入れた、熱に浮かされたような夏の日の三日間。

あのとき、長すぎる生方の片想いに同情した江沢が、うっかり情に絆《ほだ》されてつきあってくれたことは知っている。

親友だった生方を、恋愛対象として考えられるかどうかは、まだよく分からないと言っていた正直な気持ちも、理解できた。

――だからこそ、甘えすぎてはいけない。

改めて自分に言い聞かせるように、心の中で呟く。

江沢の気持ちは、自分のそれとは違うものだ。友情の延長線上にある、同情や慈しみ。そういったものが彼の中には溢れている。

そこにつけ込むようにして、自分の気持ちを押しつけるつもりは生方にはなかった。

本来ならば、触れることさえできなかったはずの相手だ。

あのキスも。触れあった肌の熱さも。

あの三日間の出来事は、生方にとっては一生忘れられない思い出として、大切に胸の真ん中にしまってある。

はじめて唇に触れた瞬間は、胸が震えた。

彼を抱きしめながら眠った夜は、嬉しくて嬉しくて、眠りにつくこともできなかった。

そうやって江沢の夏休みが終わるまでの三日間は、生方はまるで天国にでもいるような熱に浮かされた気分のまま、江沢にぴったりとはりついて日々を過ごした。

別れの夜は、どうしても離れ難くて、駅のホームで激しく落ち込んでいた生方の前で、江沢は片眉を少し下げながら『しょうがねーな』と笑っていた。

『手を繋《つな》ぎたい』と頼み込むと、江沢は呆れた顔を見せながらも、手の甲に小さなキスまでくれたりした。

それだけでも死ぬほど幸せで、その思い出だけで今日までできたけれど。

江沢はこの部屋に泊める代わりに、『壁が薄いんだから悪さはすんなよ』と釘を刺してきたが、そんなことは言われるまでもない。

たとえ……もう二度と触れられなかったとしてもいいのだ。

再び江沢の傍にいられる、それだけで。

照れくさそうな笑い方や、自分の名を呼ぶときの声。髪を掻《か》く仕草、襟足のライン。そうしたものを傍で見ていられるだけでもいい。

五年前は、それだけではいつかきっと辛くなると感じて、ケンカしたのをきっかけに逃げ出してしまったけれど。

再びこうして彼の隣で過ごしてみれば、離れていた間のほうが、ずっと辛かったと思い知らされた。

彼と離れていた間、自分はどうやって生きていたのだろう。——それを今ではもう、思い出せずにいる。

風呂場から聞こえてくる、微《かす》かなシャワー音。

それにじっと耳を澄ませながら、ごろりと生方は寝返りをうった。

……でも俺、本当にちゃんと眠れるのかな。

できれば今すぐ意識をなくしてしまいたかったが、なかなかそう簡単にはいきそうもなくて、生方は布団に顔を埋めるようにしながら、そっと息を吐き出した。


翌朝、カタカタという音に気づいて生方が目を開けると、すでに隣のベッドに江沢の姿はなかった。

昨夜、このまま眠れないかもしれないと思っていた生方の心配は、どうやら杞憂《きゆう》に終わったらしい。規則正しいシャワー音を聞きながら、『そうだ、今日はまだ江沢におやすみを言ってなかったな』などと考えているうちに、いつのまにかうとうとしはじめ、気づけばぐっすりと眠り込んでいたようだ。

昨夜、ついついいい気になって、普段あまり飲み慣れてないアルコールを多めに呷《あお》ったせいかもしれない。

むくっと顔を上げ、布団から身体を起こすと、キッチンでなにやら作業をしている江沢の背中に気がついた。

「江沢…おはよう。もう起きてたんだ?」

その背中に声をかけてみたのだが、返事がない。

「江沢?」

聞こえなかったのかなと思い、立ち上がってキッチンに近づいていくと、江沢はようやくちらりと振り返った。

「……おはよ」

こちらを見つめてくる視線が、なぜかじろりと厳しいのは気のせいだろうか。

しかも、朝の江沢にしては妙に不機嫌そうだ。

学生時代ずっと新聞配達をしていた江沢はいまだにかなりの早起きで、朝はぱちっと目が覚めるほうだと話していたのに。

「生方。……お前、すげー気持ちよさそうにグースカ寝てたな」

「そ、そう? あれ? ……もしかして俺、いびきとかかいてた?」

もしやそれで安眠を妨害したのだろうかとはっとなる。焦って尋ねると、江沢は『……そうじゃねーよ。アホ』となぜか小さく口の中だけで呟いた。

それから江沢は大きく溜め息《たいき》を吐くと、気を取り直した様子で手の中のパンをひらひらと振って見せた。

「朝メシ。パンとハムと卵しかないけど、それでいいか?」

「え、うん。もちろん」

江沢が用意してくれたものなら、たとえばスリッパだって自分は食べられるかもしれないと思いながら、大きく頷く。

「卵は？　つっても、茹《ゆ》で卵かぐちゃぐちゃ卵だけどな」

「別に、目玉焼きでもいいよ」

卵をいちから茹でるのは面倒くさいだろうと思って言い返すと、江沢は『あれ苦手』とちょっとだけ眉に皺《しわ》を寄せた。

「そう？　フライパンに落とすだけだから、一番簡単だと思うんだけど…」

「すぐに焦げてくっつくだろ。なのに真ん中だけはよく焼けてないから、はがして皿に移すとき、破れて黄身が出てきたりするし。焼きすぎるとゴムみたいになるし」

とうに一人暮らしに慣れたはずの江沢でも、苦手なものがあるのかと思うとつい微笑ましくなってくる。

「たぶん江沢は、火力が強すぎるんじゃないかな。あと卵をいれるときは、高いところから落としちゃだめなんだって。ふわふわじゃなくなるから。……っていうか、よければ俺が目玉焼きは作ろうか？」

「ん。じゃあ任せる」

先に着替えさせてもらってから、入れ替わるようにしてキッチンに立ち、フライパンを借りる。冷蔵庫から取り出してもらった卵を、油を引いてよく熱したフライパンにそっと二つほど置いてから、水を入れて蓋《ふた》をすると、ジュワワワーと激しい水音の跳ねる音が響き渡った。

江沢の好みは半熟だ。夏休みに彼が生方の家に泊まり込んだときも、こうして江沢のために朝食を作ってやった。

「ふーん。やっぱ手慣れてんのな」

言いながら背後からペタリと貼り付いてきた江沢に、どきりとする。

江沢は両手で生方の腰のあたりを摑《つか》むと、背後から肩に顎《あご》を乗せるようにして手元をじっと覗きこんで来た。

さらりと頬に触れた前髪から、昨夜、生方が借りたシャンプーと同じ匂いがする。

いまさらのはずなのに、一か月ぶりのこの至近距離に、どっどっと激しく胸が高鳴り出す。

「……まぁ、じいちゃんと住んでたときから、結構ご飯は俺が作ってたし。今も自炊がほとんどだから」

「たしかにあの辺じゃ、喫茶店もコンビニも遠いし、自炊しかねーよな」

「江沢こそ、これまでの食事はどうしてたの？」

「朝はだいたいパンとコーヒー。大学の頃は学食とコンビニがメインだったなー。あとはバイト先のまかない。飲み屋でバイトしてたから、夕メシはたいていそこで食ってた。会社に入ってからは、少しずつ自分でも作るようになったけど、営業だと飲み会が多いし、どうしても外食が多くなるな。自分で作るのなんか暇な週末ぐらいだよ」

「へ、へぇ…」

江沢の視線は、生方の手元をじっと見つめたままだ。

いい匂いをさせながら、耳元近くで話をされると、さすがにちょっと手元が狂いそうになる。ぺたりと貼り付かれたままの、背中が熱い。

そういえば、昔から江沢は結構スキンシップが多いほうだったっけ……。

電車で寝ているときも生方に寄りかかってきたり、学校の屋上で昼寝をしているときも、平気で膝枕をしてきたり。

一人っ子の生方は、人に触れられることにあまり慣れてなくて、江沢に触れられるたび、いつも激しく胸をどきどきさせていたことを思い出す。

……あんまりにも無防備だと、ちょっとだけ、困るんだけどな…。

これ以上、江沢の同情心に縋《すが》るような真似はしないと決めたとはいえ、そこはやはり生方も健康的な成年男子だ。好きな相手からぺたぺたとまとわりつかれて、なにも感じずにいられるほど枯れているわけでもない。

こういうところに、江沢との温度差を感じてしまう。

江沢はきっと、他の友人と同じような態度で生方に接しているつもりなのだろう。

なにげなく触れてくるその手に、いちいち生方が飛び上がりそうなくらい緊張しているだなんて、考えたこともないに違いなかった。

……そういう健全で少し鈍いところが、江沢のいいところといえば、いいところでもあるのだけれど。

震えそうになる手を叱咤《しった》しながらフライパンの蓋をはぐると、もわっとした湯気とともに香ばしい匂いが立ちのぼった。

「あ。すげー、いい感じにぷるぷる。ちょっとそれ、そのままパンに載せたいかも」

「いいよ。ならその前に、そこのハム載せて」

「了解」

齧《かじ》り付いたとき、中の黄身が垂れてもいいようにハムを一枚だけパンに載せ、その上に半熟気味の卵を載せる。

軽く塩こしょうを振り、おまけにミニトマトの小さな輪切りも載せると、ひどくおおざっぱで大胆なタマゴサンドができあがった。

それをテーブルに二つ並べ、二人で『いただきます』と向かい合って食べる。

「ん。すっげー、美味い」

「よかった」

どうやら江沢の機嫌も直ったらしい。

とろりとした笑顔に、こちらまで幸せになってきて、同じようにタマゴサンドに齧り付きながら、生方はそっと微笑んだ。

こんな風に、誰かのために食事を作ってあげられるのも、それを『美味しいね』と言って一緒に食べるのも、すごく久しぶりだ。

「っていうか、江沢はのんびりしてても大丈夫なの？」

見ればそろそろ八時に近い時間だ。会社のほうは平気なのかと思って尋ねると、江沢は『うち、九時半までに入ればいいから』と残っていたパンを、口の中に放り込んだ。

「そういうお前こそ、今日の予定はどうなってんの？」

「今日は、午前中は提携大学の研究室に顔を出して、午後は昨日と同じ企業の会議に出る予定なんだけど…」

「その会議って何時まで？」

「昨日と同じで、夕方の六時くらいには終わると思う」

「ふーん。じゃあ、やっぱ今のうちにこれ渡しとくわ」

そう言ってひょいとなにげなく差し出されたのは、一本の鍵だった。

「これ…って」

「多分、お前のほうが帰りは早いと思うし。勝手に入ってくつろいでていいから」

やはりこの部屋の鍵らしい。

「……これ、俺が持ってていいの？」

まさか部屋の合い鍵まで渡してもらえると思っていなかったため、驚いた。

「ああ」

じわりと、胸の奥に熱いものが溢れていく。

ただの預かりものとはいえ、生方にとっては自分の家以外ではじめて渡された鍵だ。……しかも、江沢の部屋の。

気がつけば頰が緩みそうになってしまい、手の中の鍵をぎゅっと握りしめる。

「ありがとう。ここにいる間、大切に借りるね」

口にすると、なぜか江沢は眉を寄せ、奇妙な顔つきをして見せた。

鍵一本で、なにをおおげさなことをとでも思っているのかもしれない。

だが生方にとっては、それぐらい嬉しいことなのだ。

「……別に、なくさなきゃそれでいいけど」

「うん。あのさ…、どうせだから、適当でいいならなにか夕食作っておこうか?」

「無理しなくていいって。帰ってきてから、またどこかに食べに行ってもいいんだし」

「ぜんぜん無理じゃないよ。どうせ自分も食べるんだし。昨日は江沢に奢ってもらっちゃったから、そのお返しに」

こちらに来てから、ろくな手料理を食べていないと江沢は言っていた。ならばせめてそれぐらいはやらせて欲しいと頼み込むと、江沢はふっと笑って頷いてくれた。

「ん。じゃあ任せる」

照れたようなその笑みに、胸のあたりをそっと撫《な》でられた気がした。

再び、地に足がついていないようなふわふわとした気分になって、生方は手渡されたその鍵をぎゅっと強く握りしめた。


「なんか、めっちゃくちゃ浮かれてんな？」

その日一日、江沢の笑顔を思いだしながら、打ち合わせに出席していた生方は、そわそわしながらドリンクコーナーへと向かった。

今日は、何時にここを出られるだろうか。できれば駅前のスーパーがまだ開いている時間がいい。

そんなことを思いながら腕時計に目を落としたとき、背後からのし掛かるように体重をかけられて、ぎくりと身体を竦ませる。

「白井先輩…」

振り返れば、案の定、白井が面白そうな目つきをしてこちらを見下ろしていた。

「明日は土曜で、会議が終わったらお前も暇だろ？　昨日は話を聞けなかったし、今日こそ飲み行くからな」

当然のように仕切られそうになって苦笑する。

「いえ。……申し訳ないですけど、今日もちょっと予定がありまして…」

やんわり断ると、その途端、白井の目がきらりんと光った気がした。

「女か」

「ち、違いますよ」

「ふーん。天然王子にもようやく春が来たってわけか。で？　お前を本気にさせた相手ってのは、どんなやつだよ」

「……なんでそんなこと、先輩に言わなくちゃならないんですか」

「面白いからに決まってる」

きっぱり笑って、そんなこと言い切らないでほしい。

「お前、大学時代からずっと修行僧みたいな生活してただろうが。俺としては、お前がこのまま魔法使いになっちまうんじゃないかと思って、心配してたんだぞ？　そのお前が、ようやく虚《むな》しい初恋に区切りを付けて、新しい女に目覚めたとあっちゃー、これはもうお祝いしてやるしかないよな」

……思い切り、余計なお世話です。

「だから、違いますってば」

「なにがどう違うんだよ」

「別に、新しい女性とかじゃないですから」

「へぇ…」

言い切ってしまってから、はっとなった。

白井が相手の場合、言えば言うほどなんだかどんどん墓穴を掘っている気がする。

「ってことはもしかしてあれか。お前、『顔も見たくない』とかいって振られた相手に、いまだに会ってんのか」

案の定、ニヤニヤ笑ってろくでもないことを言いはじめた白井に、ぎょっとなる。

「な、なんで先輩がそんな話まで知ってるんですか」

「お前、女どもの情報網を甘く見るなよ？　在学中に、お前に振られた奴らがより集まって、噂話なんか腐るほどしてたっつーの。……ったく、あれだけ袖《そで》にしておきながら、自分はやらせてももらえない相手に惚れてるとか、お前もつくづくドMだなぁ」

「だから、ここでそういう話をしないでください…」

いくら休憩中とはいえ、他の社員たちも出入りしているのだ。

デリカシーという言葉を白井に求めること自体間違っているのかもしれないが、辺りを見回してしーと指を口に立てると、白井はフンと鼻で笑い飛ばした。

「だいたい、おかしいとは思ったんだよなー。お前、東京《とうきょう》に来るときはたいていうちに泊まるのに、昨日に限って、いきなり『友人のところに泊まらせてもらうことになりました』なんて、メールよこすし」

「それに関しては、すみませんでした」

「別に謝らなくていいから、今日は酒の肴《さかな》になっとけよ。うまい酒が飲めそうだ」

「……相変わらず、いい趣味してますね」

「ふふ。お褒めいただきありがとう」

別に褒めているわけではない。

どうやら白井は、『生方に会ったら昨夜の話をじっくり聞かせてもらおう』と、手ぐすね引いて待っていたらしく、花のような笑顔でにっこり笑った。

「そんで？　その相手ってどんなやつ？　お前みたいな男をそこまで惚れさせるなんて、なかなかのやり手そうだな」

「……その話は、また今度にさせてください」

「そんないいわけが、本気で通ると思ってるのか？　うん？」

そんな風にきらきらと目を輝かせて、こちらをじっと見つめてこないで欲しい。

昔から白井は、妙に人の恋愛話を聞きたがった。しかも、うまくいってないほうが楽しいらしい。

「ですから……メールにも書きましたけど。本当に、今泊めてもらっているのは女性じゃなくて、古くからの友人のところです。……今日は、泊めてもらってるお返しに、俺が夕食を作ることになっていて…」

「ふーん。なら、別に俺がそっちに交ざってもいいよな」

「……はい？」

――今、なんと言いました？

なんだかとても不穏な台詞を耳にした気がして、固まってしまう。

「女のとこじゃないんだろ？　なら、俺一人ぐらいが交ざったところで別に問題ないよな。お前の手料理も久しぶりだし」

そう言って、にたりと白井は悪魔のような微笑みで笑った。


「あ。どーも、勝手にお邪魔してますー」

扉を開けた途端、見たことのない人間がテーブルの前でどっかり座っているのを見て、江沢は『はぁ…どうも』と気が抜けたように頭を下げた。

スーツを脱ぎに奥の部屋へと入っていった江沢のあとを、慌てて生方も追いかける。

「……江沢。いきなりで本当にごめん。白井先輩は悪い人じゃないんだけど、ちょっと強引なところがある人で」

「別にいいよ。お前がずっとお世話になってる先輩なんだろ？　ただうちにはもう、余分な布団とかねーけど」

「ああ、いいよ。あの人の家は都内だし。いざとなったらタクシーでもなんでも帰らせるから」

さすがにそこまで迷惑をかけるつもりはない。

とはいえ、あのあと本気で江沢の家までくっついてきた白井が、なにを考えているのかは生方にもよく分からなかった。

あらかじめ、『ごめん。いきなり先輩までついてくることになっちゃったんだけど、いいかな？』とメールを入れておいたとはいえ、家主の留守中に図々しく上がり込んでいる白井の存在を、江沢はどう思っているのだろうか。それを考えると胃が重くなる。

そんな生方の困惑をよそに、その原因である白井は、久しぶりにじっくり酒とうまい手料理が楽しめるとあって、うきうきと楽しそうだ。赤の他人の家だというのに、ちゃっかり馴染《なじ》んでしまっているのが彼らしい。

「江沢君は、生方とは長いつきあいなんだって？」

「ええ、まぁ。こいつが中学のとき、うちの近所に引っ越してきてからのつきあいだから…」

「はー。そりゃたしかに長いわな」

それでも元々人見知りもなくさっぱりとした性格の江沢と、ずけずけと物怖じしない白井は、それなりに馬があうようだ。

生方が作りかけていた揚げ出し豆腐を持ってテーブルへ戻ると、大学での話や、高校の頃の江沢の話で会話が弾んでいるのが見えて、ほっと胸を撫で下ろした。

「もういいから、お前もとっとと食えよ」

「うん」

生方も腰を下ろし、作り置いておいた食事に箸を付ける。

白井からの差し入れである缶ビールに口を付けたところで、それまでは比較的大人しくしていたはずの白井が、なぜか生方を横目で見ながらにやりと笑った。

「そんで？　お前が長いこと恋い焦がれてる相手ってのは、どんな女なわけ？」

瞬間、ぶほっとビールが口から吐き出た。

……なぜ。今どうして、ここでその話題なんですか。

このアパートに来る前に、『そういう話は、絶対しないでくださいね』と、何度も念を押したはずだというのに。

つい江沢の反応が気になって、ちらりと視線を向けてしまう。

一瞬、目を見開いた江沢は、だが今はもう涼しい顔で、生方お手製の肉じゃがを箸でつついている。

「……そんな話、今はどうでもいいじゃないですか…」

「またまたー。それが今日のメインだろ。うちの大学の天然王子をこんなところまで走らせる相手なんて、そうそういないだろうに」

「……そういう先輩も、よく人のことを使いっ走りにしてくれてましたよね？」

「ふふ。可愛い後輩へのちょっとしたお使い程度だろ？」

「……うちの大学って、コンビニまで超遠いですよね…」

自転車で片道20分の距離が、果たして可愛いといえる距離なのか。

「まぁまぁ。お前だって、俺にはいろいろと借りがあるだろうが」

「だからって、プライベートまで暴露する義務はないと思うんですが…」

遠い目をしながら、一応牽制を入れてみたものの、それぐらいでは白井の興味は消え失せたりはしないらしかった。

「江沢君だって、気になるだろ？」

「なにがです？」

「コイツをそこまで夢中にさせておきながら、やらせもせず、お預けを食らわせてる相手って、どんな悪女なのかなーって」

「し、白井さん！」

なにを言い出すんだと、ぎょっとなる。

「江沢君は？　その相手のこと知ってるの？」

　……ああ。

　しかもよりによって、そんな話題を江沢に振らないで欲しい。

「さあ。こいつの言うとおり、一応プライベートなことなので俺の口からはなんとも。……というか、白井さんは生方とはいつもそんな話を？」

　そしてなぜ江沢までもが、にっこり笑って受けて立とうとするのか。

「いやー。コイツこの顔でこの性格だろ。うちの大学でも難攻不落の王子様で通ってたもんだから、研究室の奴らもみんな興味津々でね。毎回、飲み会で強引に飲ませてはちょっとずつ情報を聞き出したりしてたんだけど、どうやら長年片想いしてた相手のことを、一度はきっぱり振られてるのに、いまだに諦めきれないらしくてさー」

「へぇ」

「しかもその相手っていうのが、最近になってまた現れては、コイツを振り回しているらしいんだよね。もう見てて笑っちゃうくらい、浮かれたり落ち込んだりしてるのが見え見えなの。その相手もさー、まったくその気がないなら、いっそもう一回きっぱりと振ってやればいいのにな？」

「もしそうなら、相手も別にまったくその気がないわけじゃないと思いますけどね。……ただコイツの場合、どうしようもなく鈍感なところがあるので、分かっているのか謎ですけど」

「あ、やっぱり？　生方って見た目が繊細そうに見えて、かなり鈍いよな」

「そうですね」

もはや、恐ろしすぎる二人の会話に割って入ることもままならない。

生方を肴に飲みたいと話していたとおり、妙に江沢と意気投合している白井は、生方の過去をほじくり返しては楽しんでいるようだ。

「あの……。ビール、もう一本持ってきましょうか…」

「サンキュー。あと冷や奴も追加でよろしく」

その場にいるのがいたたまれなくなり、結局生方は少なくなってきた料理をつぎ足すふりをして、何度もキッチンとテーブルを行ったり来たりするしかなかった。


「それじゃ、終電がなくなる前に帰るとするわ」

そう言って白井が立ち上がった頃には、白井が持ちこんできた酒も生方が用意した料理も、すっかり空となっていた。

「ご馳走様。江沢君にも、よろしく言っといて」

ビール数本に日本酒一本のほとんどを一人であけたはずの白井は、けろりとした顔つきをしていたが、それにつきあわされた江沢は、ぐったりとテーブルの脇のクッションに突っ伏している。

営業に所属してから、酒はそれなりに強くなったと話していた江沢だったが、さすがにザルとも呼ばれている白井のペースには、ついていけなかったらしい。

「やー、江沢君っていいキャラしてるね。好きになったわ」

靴を履きながら、そんなことをニヤニヤ笑って言う白井に、つい焦ってしまう。

「……白井先輩…、あなた本当になにしに来たんですか」

「ん? 言っただろ。お前を肴に飲みに来たって」

……たちが悪すぎる。

扉を開けたところで、ちらりと振り返ると、江沢はまだぐったりと目をつぶっているようだった。それを確認してから生方は白井と一緒に外へ出ると、『先輩』とそっと呼びかけた。

「あの、頼みますから、あんまり江沢には余計なこと言わないでもらえませんか」

「余計なことって、なにを?」

「……どうせ、分かってて付いてきたんでしょう?」

この観察眼の妙に鋭いひとが、江沢と一緒にいる自分を見て、なにも気づかなかったはずはない。そこまで鈍いわけないでしょうにと溜め息を吐くと、白井は悪びれもせず、『まぁ、お前がベタ惚れの相手ってのに興味あったしなー』と肩を竦めた。

「……江沢は、俺の気持ちを知った上で傍には置いてくれていますけど、彼はもともとゲイとかってわけじゃないですから。俺とのことも、ちゃんとはじめに、『恋愛として好きになれるかどうか分からない』って、正直に言ってくれてます。それでも諦めきれないで傍にいるのは俺のほうなので……。だから江沢のことはそっとしといてやってください」

お願いしますと、頭を下げる。

白井が江沢に向かって『その気もないくせに、はっきり振ってやらないなんてどんな悪女だ』と言っているのを聞いたとき、実はかなり肝を冷やした。

もし江沢がそれを本気にしたらどうするのだ。

いくら期待しないと決めていても、わざわざ本人から、念押しされるほど切ないものはない。

今こうして、傍に置いてもらえるだけでも奇跡に近いというのに。

だが下げていた頭をあげると、白井はなぜか『あー…』とひどく憐《あわ》れみに満ちた視線で、生方をじっと見つめた。

「お前さ、頭はそこそこいいくせに、江沢君に関してはかなりアホな子なんだな」

「……それ、江沢にも、よく言われます…」

ぐっと詰まりながらも事実を告げると、白井は『あははは。俺、江沢君マジで好きだわ』と腹を抱えて笑った。

その目にはうっすらと涙さえ浮かんでいる。

「ちょっとそれって…」

「焦らなくても、別に変な意味はないっつーの。ま、その辺は江沢君とよく話してみたら」

言うだけ言うと、白井は『また週明けにな』と手を振って、朗らかに帰って行った。

釈然としないものを感じながらも、部屋へ戻ると、さきほどまでぐったりと横たわっていたはずの江沢が、起き上がっていた。

だがその頭がかなりグラグラしているのを見て、慌てて傍に駆け寄る。

「江沢、大丈夫?」

「ん……白井さんは?」

「今帰った。水あるけど、飲める?」

尋ねると小さく頷いたため、熱く火照った身体を支えてやり、その口元へとコップを持って行く。

江沢はそれを美味しそうにコクリと飲んだが、うまく飲みきれずに、口の端からつーと雫《しずく》が顎先へと伝わった。

赤い舌が、濡れた唇を舐《な》めとるように、ぺろりと覗く。

なんだか見てはいけないものを見てしまった気がして、どきりとした。

「あの、眠るんだったら、ちゃんと着替えてベッドに入ったほうがいいよ」

慌ててそこから視線をそらし、着替えを持ってきてやろうと立ち上がる。

だが江沢は生方の手首を摑むと、それを遮るように引き留めた。

「……いい」

「でも…」

「いいから、ちょっと……膝貸せよ」

ずるずると再びその場へ座り込んだ生方の膝の上に、江沢の頭がことりと乗せられる。

高校時代にも、校舎の屋上や裏庭で、昼寝をする江沢のためによく膝を貸してやったことがあったが、さすがに再会してからははじめてだ。

みるみるうちに、かぁっと背中が熱くなって、心臓がどくどくと激しく脈打ちはじめる。

酔っ払っているせいか、密着した身体がいつもより熱っぽい。

しかも、江沢の頭は生方の膝の微妙な位置に乗せられているのだ。

もし今、彼がごろりと寝返りを打ったら、江沢の顔がぶつかってしまうかもしれない…。

そんな余計な考えが脳裏に浮かび、生方はますます固まるしかない。

「……なに話してたんだ？」

「え？」

「さっき、外で白井さんと……なにか笑ってただろ」

目を閉じたまま、江沢がぽつりと呟いた声に首をかしげる。

「ああ、先輩が江沢によろしくって。……それと、……これはあんまり言いたくないけど」

思わず言おうか言うまいか迷っていると、江沢はムッした様子で『…なんだよ。言えよ』と目をあけた。膝の上からこちらを睨み付けてくる視線が、妙に色っぽくて、生方は固まったまま仕方なく口を開いた。

「……江沢のこと好きになったって、言ってた」

呟くと、江沢は一瞬目を丸くしたあと、『あの人も、かなり変わった人だよな』とぷっと小さく吹き出した。それに、ほんの少しだけ嫉妬心を覚えてしまう。

「……借りっていうのは？」

「え？　なんの話？」

「さっき、飲んでるときに話してただろ。白井さんに借りがあるって」

「ああ。別にたいしたことじゃないんだけど…」

「秘密じゃないなら、聞かせろよ」

「別に秘密とかじゃないよ。二年前……じいちゃんが亡くなるちょっと前から、しばらく研究室を休ませてもらってたんだ。じいちゃんがいきなり倒れて、それからずっと状態が良くなかったし。そのまま亡くなったから、葬儀だ、片付けだってバタバタしちゃって、大学どころじゃなくて。その間、白井先輩が代わって研究対象の植物とか、面倒みてくれてたんだよ」

あの頃は、他の学生や教授にも、なんだかんだと世話になってしまった。中でも同じ班で研究を進めていた白井には、一番迷惑をかけてしまった。以来、彼には頭が上がらずにああしてちょっかい出されてばかりいる。

「それに、じいちゃんの葬儀のときとかも、色々と助けてもらったから」

「……あの人、お前のお祖父《じい》さんの葬儀に来てたのか」

「うん。もともとはじいちゃんの希望で、家族だけの密葬のつもりだったんだけどね。さすがに教授には伝えないわけにもいかなかったし。そしたら代表で、白井先輩が来てくれて。たまたま白井先輩のお父さんが弁護士さんだったから、今住んでる家の権利のこととか、相続税のこととか、いろいろと相談にのってくれたりして。……知らなかったけど、ああいうときって、結構面倒な手続きがたくさんあるんだね」

おかげで祖父を亡くした悲しみに、じっくり浸っている暇もなかった。

死亡診断書をもらって、市役所に行って。保険の手続きだ、通帳の書き換えだとかで、毎日やらねばならないことがあまりにも多く、葬儀が終わったあとも休む間なく、日々は飛ぶように過ぎていった。

その間、白井が酒を持って突然『泊まらせろ』とやってきたり、彼の父と引き合わされたりと、いろいろなことがありすぎて、あの頃のことを生方はあまりよく覚えていない。

だが今思えば、それがかえってよかったのだろうと思う。

あの広い家に、たった一人。自分だけがとり残されてしまったと実感したのは、それらすべての日々が過ぎ去って、ようやく人心地ついてからだった。

ずっと気を張りつめていたため、ホッとしたのと同時に、疲れが出て寝込んだりもした。

たった一人の家の中で、悲しみに押しつぶされそうになってはじめて生方は、自分が本当の意味で孤独になったのだと理解した。

そういう意味では、今回のように突然家にやってきては騒いでいった白井にも、やや強引ながらも、助けられた部分は多かったと思う。

当時のことを振り返りながらぽつりぽつりと話をしているうちに、じっと下からの視線を感じて、生方は膝へと目を向けた。

「江沢？」

だが江沢はまるでその視線を避けるように、ぷいと横を向いてしまった。

「……俺は、なにも知らなかったけどな」

ぼそっと呟かれた言葉がよく聞こえず、『え？』と慌てて聞き返したが、江沢はそれ以上はなにも答えなかった。

そのまま無言でむくりと身体を起こすと、江沢は着替えもせずに、目の前にあったベッドへと潜り込んでしまう。

「あの…江沢？」

どうしたのだろう。

いきなり硬くなってしまったその横顔に、なんと声をかければいいのかわからない。

「…今日はもう寝る。おやすみ」

「……うん。おやすみなさい」

だが背を向けたままそう言い切られてしまうと、さすがにそれ以上、声をかけるのはためらわれた。

――やはり、ちょっと強引すぎたかもしれない。

いきなり見ず知らずの他人がやってきたことで、疲れさせてしまったのだろうか。

今朝と同じように、二人きりで江沢の部屋にいるはずなのに、流れる空気がひどく重たく感じられて、生方はひっそりと息を飲み込んだ。


次の日の朝。いつもどおりさばさばとした様子で『おはよう』と言ってくれた江沢《えざわ》に、生方《うぶかた》はほっと胸を撫《な》で下ろした。

やはり昨夜は少し、飲み過ぎていたのだろう。

今日は土曜日で二人とも休みだったため、どこかにでかけようかという話はでたけれども、久しぶりに二人でいるのにどこかへ遠出をする気にもなれず、少しゆっくり目の朝食をとったあとは、部屋の中でダラダラと過ごした。

「夕飯、なに食べたい？」

せっかくだから、二人でなにか作ろうかという話になり、映画のDVDを借りるついでに買い物へと向かう。

買い物といっても、出かけた先は駅前近くのスーパーだ。

店先でかごを手にとると、安くて新鮮な食材を眺めながら、二人であーでもないこーでもないと言い合って、本日の献立を決める。

それだけのことがひどく楽しかった。

ジャガイモとニンジンが安いとなれば、カレーがいい。

中に入れる肉も豚ではなく、たまにはリッチに牛肉にしようかなどと話をしていたそのとき、突然生方の背後からドンとなにかがぶつかってきた。

「わ…」

びっくりして振り返ると、すぐ傍に小学一年生くらいの少年が尻餅をついていた。

どうやら背後から走ってきた彼が、前方にいた生方に気づかず、そのまま腰のあたりにどんとぶつかってきたらしい。

足元には彼がかぶっていたとおぼしき赤い野球帽がひとつ、転がっていた。

「君、大丈夫？」

生方は慌ててその場にしゃがみ込むと、落ちていた野球帽を拾い上げ、そこについたほこりを払ってやった。

「……う……」

少年は、一瞬、泣き出しそうに顔を歪《ゆが》めたものの、周囲に人目があることに気づいたらしい。

ぐっと涙を堪えるように唇を引き結ぶと、地面に手をついて立ち上がった。

見た限り、どこにもケガはしていないらしいことにホッとする。

「これって、君のだよね」

拾い上げた帽子を頭にかぶせてやると、少年は涙を堪えた眼差しのまま、『うん』と小さく頷《うなず》いた。

そんな彼に、生方は『えらいね』とにこっと微笑《ほほえ》むと、あたりをきょろりと見渡した。

こんな小さな男の子が、一人でスーパーに来ることなどまずないはずだ。

彼の両親はどこに……と目を凝らしたところで、少し離れた場所から、『すみません』と小走りにやってくる女性に気がついた。

――あ。

彼女と目が合った瞬間、周囲の空気が止まった気がした。

たぶん、それは向こうも同じだっただろう。

こんなところで会うなんて思いもしなかったと、驚きに見開かれたその瞳が、そう告げている。

「あ、ママだ。ママー！」

近寄ってきた母親に気づいた少年は、彼女の傍へといちもくさんに駆け寄ると、その手をぎゅっと握りしめて王様のように胸を張った。

瞬間、びゅうと風が吹き抜けて、止まっていた空気がまた時を刻みはじめる。

「おーい。大丈夫かい？」

彼らから少し離れたところから、たくさんの品物が乗せられたカートを押した父らしき男性が、心配そうな顔で声をかけてくる。

その声ではっと我に返ったらしい母親は、子供の手をぎゅっと強く握りしめなおすと、生方に向かって慌ててぺこりと頭を下げた。

「うちの子がお騒がせしたみたいで、すみませんでした。……ほら、ユウちゃん。お兄ちゃんにごめんなさいしなさい。歩くときはよそ見しちゃダメって、いつも言ってるでしょう」

「……お兄ちゃん、ごめんなさい」

「…いえ。こちらこそ」

釣られて、生方も慌ててぺこりと頭を下げると、母親はこれでもう用は済んだとばかりに、慌てて息子の手を引くようにして生方から離れていった。

その後ろ姿を、思わずじっと見送る。

生方の視線に気づいたらしい少年が、振り返って『ばいばい』と小さく手を振ってくれた。

その愛らしい仕草に、釣られて生方も小さく手を振り返した。

母親のほうは、こちらを一度も振り返ろうとはしなかった。


「なぁ」

夕食に、少し辛すぎたカレーにふうふうと言いながら水を飲んでいるとき、ふと思い出したように江沢が口を開いた。

「うん?」

「さっきスーパーで会った親子連れって、もしかしてお前の知り合いだった?」

コップを持つ手がぴくりと揺れる。

なぜ、分かったのだろう?

「……どうして?」

「なんかお前、あのとき妙に固まってたみたいだったから」

あまり顔に出したつもりはなかったのだが、どうやら江沢には生方の動揺など、ばればれだったらしい。

それを喜ぶべきなのか、悲しむべきなのか分からないまま、生方はこくりと小さく頷いた。

「知り合いって言えば、知り合い…なのかな?」

まるきり他人のような顔で挨拶《あいさつ》されたことを思えば、厳密に言えばもはや知り合いですらないのかもしれなかったが。

「そういやお前の地元って、もともとはこっちだったもんな。もしかして前の家の近所だった人か?」

「うん。近所というか……、一緒に住んでたから」

淡々とその事実を呟《つぶや》くと、江沢は『は?』というような顔で、手にしていたスプーンの動きを止めた。

「ちょっと待て。それってどういう意味だ…?」

「あの人は……俺の母親だった人だよ」

ものすごくいまさらな話だったが、苦笑混じりにそれを告げた瞬間、江沢の黒い瞳が静かに揺れた。

「――――は?」

シンとした固い空気が、食卓に流れ落ちる。

それに生方は、――――あれ? と思った。

なぜだろう。江沢がひどく怖い顔をしている。

「……なんだそりゃ」

見たこともない硬い表情で、江沢は手にしていたスプーンをテーブルにこつりと置いた。

「なんだって…」

「だってお前……、もしかしたら、すごい久しぶりだったんじゃないのか？　母親と会うのなんて」

「うん。向こうもなんか驚いてたみたい」

離婚して父方に引き取られて以来、母とは一度も会っていなかったから、彼女とは十年以上会っていないことになる。

それにもかかわらず、自分でもよく分かったと思う。アルバムにある家族写真も、数えるほどしかなかったはずだ。

だが同時に、あちらも一目で生方には気がついたようだった。

そういう意味では、一応彼女も母親だったということだろうか。

「それで……どうして、あれなんだよ？」

「え？」

「久しぶりに会った息子への第一声が、『お騒がせしてすみません』？　どう考えてもおかしいだろうが。普通、元気にしてた？　とか、今どうしてるの？　とかまず聞くのが先なんじゃ…」

「でも……あっちには家族がいたから」

彼女にぎゅっと寄り添うようにして、手を繋《つな》いでいた男の子。

後ろから心配そうに声をかけていた、優しそうな父親。

あれらが今の彼女の守りたいものすべてなんだろうと、あの瞬間、理解した。

その上で、『あなたと自分とはもうなんの関係もないから』と、そうくっきり線を引かれたのだと。

「それを言うなら、お前だって家族だろうが！」

「江沢…」

だが江沢は、逃げるようにしてその場をそそくさと離れて行った母親も、それを責めずに見送った生方の態度にも、納得ができないようだった。

怒りのためか、微《かす》かに声が震えている。

「俺の家族は……もうずっと、じいちゃん一人だけだったよ」

言い切ると、江沢の肩が衝撃を受けたようにびくりと揺れた。

「父さんとは……あの家のこととか、じいちゃんの葬式のこととかあって、今でも何回かは会ってるけど。父さんにももう新しい家族がいるし。母親とはもう何年も会ってなかったから、再婚してたのも、今日はじめて知ったくらいで…」

「だからって、お前の存在自体をまるごとなかったことにされて、それでいいわけないだろうが！　なのに……なんでお前、そんな平気な顔してんだよ？」

まっすぐな視線と言葉が、心を抉《えぐ》る。

存在すら無視されて、昔産んだ息子などはじめからいなかったように扱われたというのに、なぜそこでへらっとしていられるのか理解できないと、江沢の目はそう告げていた。

「……仕方がないから？」

「…なに？」

「……人の気持ちをどうこうしようなんて、無理だってことは知ってるよ。向こうがこっちのことなんてもう知らないって振りをしたいっていうなら、それもしょうがないと思うし…」

答えた途端、江沢の手がテーブルをダンと叩《たた》いた。

「お人好しもいい加減にしろ！」

「江沢…」

「俺はお前が天然でちょっととぼけてるけど、すげーいいやつだって知ってる。……でも、ときどきそういうところに、死ぬほど腹立つ！」

言い捨てられた瞬間、ビリッと音を立てて、電流みたいな痛みが心臓を走り抜けた。

ざっと頭から氷水をぶちまけられた気分だ。

全身の血が下がって、どくどくいう心臓の音が激しくなる。

「江、沢…」

……どうやらまた自分は、なにか間違った答えを出してしまったらしい。

かつて、『お前の顔見てるとイライラする』とそう告げられたときも、江沢は怒りと悲しみが混ざったような、悲しい表情をしていた。

そんな顔させたくて、ここまで会いに来たわけじゃないのに。

「……ごめん」

「だから、なんでそこで謝るんだ！　アホ！」

謝った瞬間、江沢は再び苛立《いらだ》ったように声を荒らげた。

「そんな簡単に謝ったりするんじゃねーよ！　言ってるこっちが、理不尽だって分かってるようなことにまで…っ。なんだって、お前はいつもそうやって……っ」

拳を握りしめた肩が、小刻みに震えている。

それを目にした途端、喉《のど》の奥が引き絞られたように痛くなった。

なにか言わなければいけないと思うのに、なにも言葉が出てこない。

なぜ、自分は江沢を怒らせるようなことばかりしてしまうのだろうか。

一番、大事にしたい相手なのに。

「……あの人には、そういう話もするのかよ…」

「あの人？」

「白井《しらい》さんだよ」

「え……、なんで…白井さん？」

なぜここで、白井の話が出てくるのだろう？

わけが分からず問いかけると、江沢はハッとしたように押し黙った。

なぜだろう。昔は江沢と一緒にいるだけで、その気持ちが手に取るように伝わってきたはずだったのに。

今は――ものすごく遠い気がする。

それが苦しくて、思わず肩に触れようと手を伸ばしたが、その手は江沢の腕に触れる前に、ぱしりと振り落とされた。

え……？

そこにたいして力は込められていなかったし、実際、たいした意味もなかったのだろうと思う。

だが江沢から拒絶されたというその事実が、生方には胸に痛いほど突き刺さった。

振り払われた指先が、ちりちりと痛んで震え出す。

「……」

江沢は黙り込んだまま、食べかけのカレー皿を置いてぷいと席を立った。

靴を履いて外に出ようとしているのを見て、慌てて生方も席を立つ。

「え？　どこ行くの？」

「コンビニ。……ちょっと外で頭冷やしてくる」

そう言って出て行こうとする背中を引き留めることもできず、生方はパタンとしまったドアを、じっと見つめた。

——どうしよう。江沢を、また怒らせてしまった。

なぜか自分の言動は、ときどき江沢の逆鱗《げきりん》にひどく触れてしまうらしい。

『お人好しもいい加減にしろ！』と怒鳴りつけられた。

そんなつもり、ないんだけどな…。

むしろ、自分は人よりも薄情なんじゃないかと思うときさえある。

父にも母にも期待を持たず、放り出されても、『ああ、そうか。いらないというのなら、仕方がないな』で諦《あきら》めをつけられたのだから。

江沢と会うまで、生方はそうやって泥沼の中で、ただひっそりと息をするように生きてきた。

離婚前から、すでに別の家族を築きはじめていた父と、そんな父によく似た息子を嫌った母は、互いに残った一人息子を押しつけ合っていた。

母にしてみれば、自分たちを捨ててとっとと他に新たな家族を作りはじめた父への、当てつけのつもりもあったのかもしれない。

顔を合わせるたび、果てしなく続く罵《のの》りあい。気がつけば家の中はいつもそんな感じだったから、両親のことはとっくに諦めをつけていたものの、自分の存在が彼らのどちらにとっても失敗の産物でしかないと思い知らされ続ける毎日は、正直しんどかった。

最終的に、経済力のある父方へ引き取られることが決まったけれど、すでにできあがっていた別の家庭の中に、先妻との失敗作がひょっこり行ったところで、居場所などあるはずもない。

ねっとりとした泥の中で、生きたまま埋葬されていくような、重苦しい毎日。

そんな日々に転機が訪れたのは、祖父から『うちに遊びに来るか』と電話をもらったときだった。

田舎を一人で訪れた生方は、そこで江沢と知り合った。

屈託がなくまっすぐな江沢とは、最初から妙に馬があい、親しくなるのにもそう時間はかからなかった。

そんなある日の午後、江沢はひどく怒ったような顔つきで生方の家へとやってきた。

「生方。お前、ここにいろよ」

「え？」

「春休みが終わっても、ずっとここにいればいいだろ。帰る必要なんかねぇじゃんか。俺もお前といるとすげー楽しいし。お前、いいヤツだし」

どうやら生方家の事情を、口さがない大人達の噂話から聞きつけてきたらしい。

怒りに震えたその瞳を、生方はこんなときだというのに、ものすごく綺麗《きれい》だと思った。

世界中が、生方のことなど『いらない』と押しつけ合う中で、『どこにも行くな』と必死になって引き留めてくれたのは、祖父と江沢だけだ。

そんな相手に、惹かれるなというほうが無理な話だろう。

思えばあの頃からすでに、生方の中で江沢への気持ちは友情だけではなかったのかもしれない。

無口な祖父との暮らしは穏やかだったし、夏の朝の光のような江沢のまっすぐな心根は、生方の止まりかけていた呼吸を、随分と楽にしてくれた。

そんな風にして、生方は生まれてはじめて自分の居場所を知った。

気がつけば、息をするのと同じくらい自然に江沢のことを好きだと思い、年月を重ねるごとに恋情が募った。

なのになぜかいつも、自分は彼を怒らせてばかりだ。それが切ない。

テーブルの上には、二人で作ったはずのカレーが残されたままになっている。

いつ帰ってきてもいいように、ラップをかけて温め直せるようにはしてあるけれど、主人のいなくなった部屋は妙によそよそしく感じられて仕方なかった。

一人にはもうとっくに慣れているはずなのに。

今ここに江沢がいない。それだけで、堪《たま》らなく寂しい。

そういえば……江沢はどこまで行ったんだろう？

頭を冷やしてくると言って、出かけていったきり、すでに二十分くらいは時間が経っているはずだ。

ふと外を見れば、昼の快晴が嘘《うそ》のように、いつの間にか空はどんよりと曇りだし、ぽつぽつと雨まで降りはじめている。

出かけていったとき、江沢は傘など持ってはいないはずだ。コンビニに行ってくると言ってはいたものの、もしかしたら帰れなくなっているのかもしれない。

そのとき、どこか遠くからピーポーピーポーと、激しいサイレンの音が聞こえてきた。

……まさか。そんなことあるわけない。

そう思いつつも、一瞬、胸をよぎった寒気にぞっとした。

元気だった祖父が倒れたときも、こんな雨の夜だった。

慌てて救急車を呼び、必死に祈りながら病院へ向かったけれど、祖父はその三日後、病院から出ることなく帰らぬ人となってしまった。

あのときと、今ではわけが違う……。

そう頭では分かっていても、今江沢が目の前にいないことに、ものすごく気持ちが急かされて、席を立つ。

生方は慌てて靴を履くと、玄関に置いてあった傘を手に取り、雨の中を足早に歩き出した。

覚えたての駅までの道を足早に歩く。たしか、途中に二軒ほどコンビニがあったはずだ。

アスファルトから跳ね返った水が、ジーンズの裾をぐっしょりと濡らしていったが、それすらも気にとめず、生方は急いで一軒めのコンビニに足を踏み入れた。

……いない。

ぐるりと見渡しても、店内に江沢の姿はなかった。仕方なく、急いで次のコンビニへと向かう。空の上では、ごろごろと雷まで鳴り出しているようだ。

先を急ぐうちに雨足はさらに強まり、傘を差しているというのに、吹き付けてくる風のせいで全身が濡れはじめている。

こんな中、江沢が立ち往生しているのかもしれないと思ったらいてても立ってもいられず、生方はようやく見えてきた二軒目のコンビニにも急いで駆け込んだ。

「……やっぱり、いない」

だとすれば、あとは駅だろうか。

そう思いついた途端、ためらいもなく駅までの道を選んでいた。そうしてようやく駅が見えてきた頃には、生方の全身はほぼびしょ濡れ状態となっていた。

駅では、突然の夕立によって足止めされた人々が、雨と雷を避けるようにして屋根の下で立ち尽くしている。中には傘を持っている人もちらほら見えたが、激しい雨足に二の足を踏んでいるのか、かなりの人でごった返しているようだ。

たしか、反対側にもう一軒コンビニがあったよな…。

そちらに向かうには、人混みの中を突っ切ったほうが早い。濡れた身体であの人混みに入っていったら嫌がられるかもしれないと思いつつ、迷いもなく生方は一歩を踏み出した。

そのときいきなり、濡れた手に強く手首を摑《つか》まれた。

——え？

振り返ると、自分と同じようにずぶ濡れとなった江沢と目が合い、言葉をなくす。

「お…前っ！　なに、いなくなってんの…っ？」

「え…？」

捜していたはずの相手から、いきなり怒鳴りつけられて、目をぱちくりとさせる。

いや、いなくなっていたのは江沢のほうではないのか？

「勝手に、どっか行こうとしてんじゃねーよ！」

だいたい、なぜ江沢までもが全身ぐっしょりと濡れているのだろう。

この雨の中、走りまわっていた生方と同じように。

「人のこと、勝手に放って。とっとと帰ろうとして…っ」

怒ったような顔つきで、食ってかかってくる江沢には悪いが、どうしてそんな話になっているのかよく分からない。

「いや、ちょっと待って。あの……研究発表もこれからだし、まだ地元には帰るつもりはないよ…？」

「なら……あの人のところに行く気だったのか？」

「あの人って…？」

「白井さんだよ。お前、本当は白井さんのところに泊めてもらうつもりだったんだろ？」

「え、いや…もうそれは」

とっくに断った話だからと説明する前に、生方の手を摑んだ江沢の指先にぐっと力がこもった。

「…行くなよ」

え……と思った。

すごく、か細い声だった。

今、聞こえた声は、本当に江沢のものだっただろうか。

「勝手に……消えたりすんじゃねーよ」

俯いたまま、生方の手首をぎゅっと摑んでいる指先が微かに震えている。

それを感じた瞬間、ぶわっと背筋に鳥肌が立つのを感じた。

江沢が、自分を引き留めてくれている。

「あの、あの、心配させたみたいで悪いんだけど。別に俺、どこにも行くつもりはないよ?」

「……嘘つくんじゃねーよ」

「本当に、嘘じゃないんだけど…」

「じゃあなんで、こんなとこまで来てんだよ!」

「え、や…。江沢がコンビニに行くって言ったきり、なかなか戻ってこなかったから。いきなり雨も降ってきたし、大丈夫かなと思って迎えに来たんだけど…」

「は…?」

説明の途中で、江沢はぽかんとこちらを見上げた。

「だって俺、お財布どころかなにも持ってきてないよ? これじゃあ電車にも乗れないし。荷物も、多分そのまま部屋に置いてあると思うんだけど…」

言われてはじめて気がついたというように、江沢はまじまじと生方の手元を見つめた。

生方の手の中にあるのは、江沢の部屋に置いてあったビニール傘一本。ただそれだけだ。

「な…んだよ。だって部屋に戻ったら、電気は消えてるし…。お前はいないし。だから、もしかして、怒って、もう帰ったのかと……」

ということは、江沢とはどこかですれ違いになってしまったのか。

飛び出したあと、少しだけ頭を冷やして部屋に戻ってみれば、生方の姿が消えている。

それに気づいて、江沢は慌てたらしかった。

「もしかして……それで探しに来てくれたの？」

この雨の中を？　傘も持たずにこんなところまで？

ぽかんとして見下ろしていると、江沢は自分の恥ずかしい勘違いにようやく気づいたのか、かぁぁとみるみるうちに耳まで赤くした。

「だ、だってしょうがないだろうが。お前、放っとくとすぐ逃げ出そうとするし。前のときもなにも言わずに、勝手にいなくなるし…っ」

それで焦って、ここまで走ってきてくれたのかと思ったら、じわじわと熱いものが胸に広がっていった。

「ごめん…」

……どうしよう。今すぐ、ぎゅっと抱きついてしまいたい。

だが、ずぶ濡れになって言い合いをしている男二人に、いつの間にか周囲からは興味津々といった視線が集まっている。それにはっと気づいた江沢は、赤い顔をしたまま『…帰るぞ』とぷいと背を向けた。

けれども摑んだままの生方の手首は、放そうとしない。

ずんずんと先を進むその背中に、いまさらながら傘を差し掛けながら、生方はやっぱり自分はすごく幸せだと、そう思った。

部屋に戻るまで、江沢は一言も口をきかなかった。

「ごめんね。あの、心配かけちゃったみたいで…」

一応、謝ってはみたものの、江沢はむっつりと押し黙ったままだ。

無言のまま、洗面所から持ってきたタオルをずいと差し出されて、『ありがとう』と慌てて受けとる。

「さっきの母親のことも……江沢がそんなに、怒るなんて思ってなかったから、なんか無神経なことを言ったみたいで…」

だがその話に触れた途端、それまで黙り込んでいた江沢の眉《まゆ》がきゅっと弓なりにつり上がった。

「怒るに決まってんだろうが！　あの人は……お前のことをなかったことにしたんだぞ。お前の存在を！」

……あ、そうか。と思った。

ようやく分かった気がした。江沢が怒っているのは、すべて生方のためなのだ。

自分にとって大事な友人が、まるでなかったものみたいに、ないがしろにされている。それが許せないのだと。

「だいたい、お前もお前だ。あんな態度をとられたら、誰だって傷つかないはずないのに、なんで黙って話を合わせてやってんだよ。どうせなら、『ああ、あなたはたしか俺を産んでぽい捨てしてった人ですよね。お久しぶりです』ぐらい、言ってやりゃよかったのに」

「そんなの……あの子の前で言えないよ」

母親の手に縋り付くように、ぎゅっと握りしめていた可愛《かわい》らしい少年。

予想が正しければ、たぶんあの子は生方の弟にあたるのだろう。こんな偶然でもなければ、一生会うことすらなかったかもしれないが。

その彼を、悲しませるつもりはなかった。

「……この、バカ正直！　ド天然のお人好し！」

頭ごなしに怒られているはずなのに、なぜか胸の奥がほわほわしてくる。

不思議だ。江沢が口にする言葉はたいてい、生方にとってどれも温かなものになる。それが叱《しか》られている言葉であっても。

そこに込められている気持ちが、そう感じさせるのだろうか。

「ごめんね。なんか俺、いつも江沢のことイライラさせちゃってるね…」

そんなつもりはないんだけどと謝ると、江沢は『違う…』とその先を遮った。

「さっきの、あれは……俺が悪かった。ただの八つ当たりだ。それで……恥ずかしくなって、頭を冷やしに行ってたんだよ。だからお前は、謝らなくていい」

「八つ当たり？」

なにがどうして、そんな話になったのか分からずに首をかしげると、江沢はなぜか苦虫を嚙《か》みつぶしたような顔をして、視線をそらせた。

「八つ当たりって、なにに？」

それが江沢らしくなく思えて、生方もつつつ…と首を動かして、その視線を追う。

再び視線が合っても、しばらくの間、江沢はむっつりと黙り込んでいたが、やがて観念したように肩で息を吐きだした。

「……むかついたんだよ」

「え？」

「お前の……お袋さんの話を聞いたとき、たぶん、俺だったらすげーショックだっただろうなと思うのに、なんか平然とした顔で、お前が『仕方ないことだから』とか割り切ってるのを見て、なんだ、そんなもんなのかよってちょっとイラッとしたっつーか…」

だからごめんと、潔く頭を下げた江沢に、生方のほうが面食らう。

「イラッとしたって……どうして江沢が？」

「お前、いつもそうだろ。『仕方ないから平気だよ』って涼しい顔して、そうやって自分のことはいつも二の次にして。他のやつに、すぐ譲ろうとかするだろ」

高校時代、まさしくそれで失敗したように。

痛いところを衝《つ》かれた気がして、息を呑む。

「だから……俺のことも、そうなのかって、ちょっと腹が立ったんだよ」

「江沢のことも？」

「だから……、お前が俺のことも、もうとっとと諦めたのかもしれないってそう思ったんだよ！」

「江沢……」

それで……焦って追いかけてきてくれたのか。

わざわざ、この雨の中を。

もしかして……江沢も不安だったのだろうか。自分と同じように。

そう考えたら、指先が震えた。

――バカだなぁと思った。

自分は江沢を捜すために外に出て、江沢はそんな生方を追いかけて。

自分たちはばかばかしくて、なんて幸せなんだろうかと思ったら、喉の奥が詰まったように熱くなった。

「こんなこと言ったら、冷たいって引かれるかもしれないけどさ。本当に母さん達のことはもういいんだ。じいちゃんのところに来る前から、とっくに別の家の人だと思ってたし、自然とそう諦めもつけられたから…」

正直な気持ちを伝えると、江沢は痛ましげな目をして、唇をきゅっと噛み締めた。

「でも、江沢のことは違ってた。……そんなに簡単に、諦めたりできなかったよ」

そんなことができるのなら、もうとっくの昔に諦めがついていたはずだった。

この恋に未来などないと絶望していた高校時代も。

五年前、決別したあの夜も。

まだそう長いとはいえない生方の人生の中にも、素敵な出会いはたくさんあって、そのひとつひとつは星のように輝いている。

けれども江沢だけは、胸の一番大事なところでぽっかりと浮いている、たったひとつの月のようなもので、他では換えはきかないのだ。そのことを、この十年間で嫌というほど思い知らされた。

「そんな風に思ってたんなら、聞くけどな」

「うん」

「……お前さ、なんで俺になにもしねーの?」

いきなりの質問に、頭の中が真っ白になる。

「は…い?　えっ?」

なぜ今、そんな話の流れになっているのだろうか。

どうにも人の心の機微に鈍い鈍いと言われてきた自分だが、今の話からどうしてそこへと繋がったのか、いまいち読み取れなかった。

「あの、そ、れってどういう…？」

「地元にいたときは、人のことトイレにもなかなか行かせないくらい、あんなにべったり貼り付いてきてたくせに……。なんなんだよ。一回ヤったらもう用なしかよ。それって男として、最低なんじゃねーの？」

「ええっ!?」

まさかここでヤリ捨て認定をされているとは思いもしなくて、二度目のびっくりを味わう。

「ちょ、ちょっと待って。どうしてそんな話になってるの？」

「……お前、言ったよな。この前、駅で別れるとき。次は自分から会いに行くって。なのにあれからぜんぜん会いに来ないし。やっと来たかと思ったら、大学の用事だっていうし。しかもメシだけ食ったら、人のこと避けるみたいにさっさと帰ろうとしてたじゃねーか」

「いや、それはその…江沢に迷惑をかけたくなかっただけで、別に避けたつもりは…」

「その上、やっと泊まりに来たかと思えば、他の人間を連れ込むし。合い鍵をやったら、大事に借りるねって…なんだよそりゃとか思うだろうが」

「あ、あれって、俺にくれてたの？」

驚いて尋ね返すと、ジロリとした視線で睨《にら》み上げられて、きゅっと胸の奥が縮み上がった。

そんな視線も実はすごく色っぽい…などと、今は悠長に考えている場合ではないらしい。

ぶちぶちと文句を垂れはじめた江沢は、どうやらこれまでの鬱憤《うっぷん》がかなり積もり積もっていたようだ。

「……俺は、お前のなんなんだよ」

なにって——大事な人に決まっている。

古くからの友人で。たぶん、魂の一番近くにいる人で。

そして……ずっと憧れていた人。

「……世界で一番、好きな人です」

その気持ちだけは迷いもなく本当のことだったので、正直に伝えると、なぜか江沢は少しだけたじろぐように、その黒い瞳を泳がせた。

「そ…、んな風に思ってたんなら、なんで前みたいにがっつかないんだよ」

尋ねる声が、うわずっている。

頬《ほお》が赤くなっているように見えるのも、気のせいだけではないのだろう。

「だ…だって江沢が、ここのアパートの壁が薄いって…」

「壁なんか薄くたって、やれることは他にたくさんあるだろうが。なのに、キスの一つもしやがらねーし、手すら繋がねーし。人がもんもんとしてる横で、爽《さわ》やかな顔でくーかくーか眠ってやがるし。……お前、いったいここまでなにしに来たんだよ」

まさか、生方の涙ぐましい我慢の成果を、そんな風にとられていたとは思わなかった。

本当はできれば何度でもキスをしたかったし、触れても構わないというのなら、四六時中ずっと貼り付いていたかった。

——だがそんなことしたら、あの日と同じだ。

「そ…れは、江沢には嫌われたくなかったからで…」

「はぁ？　もし嫌だったら、一か月前の時点で殴りつけてるだろうが」

それは……そうかもしれませんが。

「だっ、だって江沢もこの前言ってたでしょう。『お前のこと恋愛対象として見られるかどうか分からないって。それでもいいなら、触れてみるか』って」

「それは…」

「でも俺は、それでもすごく嬉しかったから。たとえば同情でも死ぬほど嬉しかったから。そこまでしてもらえたなら、もうあとは江沢の傍にいられるだけでもいいと思った。でも……江沢が東京に帰ってから、本当は違うのかもって気になりはじめて……」

「違うって、なにがだよ」

本当は——あの日から、ものすごく気になってたことがある。

聞いてみたくて、でも聞いてしまうのは恐ろしくて。

けれどそこを知らないふりしてやり過ごすことなどできないことは、ずっと気がついていた。

「俺……江沢につけ込んだのかな?」

尋ねると、江沢は不可解な外国語を聞かされたというような表情で、眉をひそめた。

「はあ? つけ込んだって、なにに」

「……江沢はさ、俺のこと振ったりしたら、俺がどっかまた遠くに行っちゃうとか思ってない? もしそうだとしたら、そんなことないよ。今度こそ逃げだしたりしない。江沢が俺のこと、友達以上に思えなくても、俺が好きなのは変わらないし。それでもいいから傍にいたいと思って……たっ」

言い終わる前に、首もとに置かれていた江沢の指先が、生方の服の喉元をぐっと摑んだ。

そのまま強く引き寄せられる。

ゴンと鈍い音がしたあと、顎《あご》に強い衝撃を感じてくらくらした。

「え…江沢?」

頭突きされた勢いのままひっくり返りそうになり、慌てて江沢に手を伸ばしてしがみつく。

「……つまりなにか。お前はあのとき、お前に逃げられたくないから、俺が仕方なく身体を触らせたり、いやいや足を開いてたって、そう思ってたっつーことか」

「べ…別に、そ、そこまでは…」

「言ってるようなもんだろうがよ」

そう尋ねてくる江沢の声は、低く据わっていた。

——もしかしなくても、怒っている？

江沢は静かに、だが激しく怒っているらしい。

こういうときの江沢は、けっこう怖い。

どうやら自分はまた踏んではいけない地雷を、思い切り踏んづけてしまったようだった。

「いや、だ、だから、今度こそは……江沢の優しさとかに、つけ込むような真似だけはしないでいようって、そう決めて…」

続けた瞬間、また服の喉元をぐっと強く引き寄せられた。

反射的に、慌ててぎゅっと強く目をつぶる。

だがそのときもたらされたのは、先ほどと同じ痛みではなく、唇へ貪るような口づけだった。

頭ごと引き寄せられて、声を失う。

ちゅっと音を立てて軽く唇を吸われたあと、熱い舌先が、深く角度を変えて入り込んでくる。

江沢はそのまま思う存分、生方の口の中を蹂躙《じゅうりん》すると、『どうだ、まいったか』とでも言うように、ふんと鼻先で息を吐いた。

「これが、嫌々やってるように見えるか？」

問いただされて、慌てたように口元を押さえる。

生方は首筋まで真っ赤になりながら、ふるふると首を横に振った。

——信じられない。江沢からキスしてもらえるだなんて。

こんな自分にばかり都合のいい展開を、誰か予想してただろうか？

「本当は……ここに来るまでは、江沢にいつか……誰か好きな人ができたら、そのときは今度こそ諦めようって思ってた。それまで、好きでいさせてもらえたら、それだけでも嬉しいって」

呟くと、江沢は『お前な！』とひどく嫌そうに眉を寄せた。

はじめて江沢の唇に触れた夜、生方は少し泣いてしまった。

絶対に、手に入らない人だと思っていたから、一度だけでも触れさせてもらえた自分はラッキーだった、そう思えばいいと。

本当は、寝ているその唇にもう一度だけでもいいから、口づけてみたいだとか。

服の隙間からちらりと覗く素肌を、この手で撫で回してみたいだとか。

そんな気持ちは胸の奥にひた隠して。押し殺して。

親友の顔をして。

いつか……自分が今いるこの位置を、他の可愛い女の子に取って代わられる日がやってくる。

そのときがきたら、今度こそ笑って祝福してあげるのだと。

そうしようと思ってた。

そのときがきたら、自分はちゃんとそうできると。

「でも、本当はもう無理だ…」

江沢の隣。この席を他の誰かに譲るだなんて。

きっともう、できない。

「……そんなこと、もうできないよ」

どうしよう。自分は欲張りになってしまった。

江沢の同情につけ込むような真似だけはしたくないと思っていたのに。

でも本当は、それでも欲しいと想う心があった。

友情の延長でしかなくても、それでも触れていいと言ってくれるなら、一晩中抱きしめていたいと願う心があった。

それをずっと、押し隠していたけれど。

「……嫌になった？」

そう尋ねる瞳は、不安と恐怖で揺れていたと思う。

そんな生方に、江沢はくしゃりと顔を歪めると、まるで泣き出しそうな顔で『バーカ』と呟いた。

「いまさら……それぐらいで引くなら、最初からお前とつきあおうなんて思ったりしねーよ」

「江沢…」

「いやいや脅されて、お前と寝たりするかよ。……そんくらい分かれよ」

呆《あき》れたように叱られて、胸が震えた。

それを誤魔化《ごまか》すように、生方は目を細めて笑った。

「……俺って、なんだか江沢にはいつも叱られてばっかりいるよね」

「お前がいっつも、怒られるようなことばっかりするからだ」

「うん。……江沢が、怒ってくれて、よかった」

「……怒られて嬉しいなんて、お前だけだろ」

怒られて、喜ぶなと江沢が言った。

自分のことを、いつも本気で怒ってくれる人。

それは心から信頼している相手じゃないと、できないことだ。

もしどうでもいい相手なら、『別に、長くつきあうつもりもないし』と流せばそれで済んでしまう。

でも、本当に大事な相手だからこそ、流すことなどできない。

これからも、ずっとずっと一緒にいたい相手だからこそ。

「なあ……生方。お前、俺のことを考えながらしたことってあんの？」

「ど…どうし…て、そんな話…」

まさか本人から面と向かって『お前のおかずって俺なの？』と、問いかけられるとは思わなかった。

懺悔《ざんげ》室から突然引っぱり出された、告解者の気分だ。

さすがに素直に答えられず、だらだらとひや汗をかきながら固まっていると、江沢はそれだけで察したのか『ないわけないか』とニヤリと笑った。

「俺もさ、ここんとこずっと、お前としたときのこと思い出して、一人でした」

「え…江沢？」

「お前の手があのときどう動いてたとか、ひそめられた眉がやけに色っぽかったなとか。何度も好きって言われて、耳の奥が痺《しび》れたなとか」

どうしよう。胸の奥がぎゅうぎゅうする。

「告白されてからずっと、お前のこと考えてたよ」

「江沢…」

「ずっとずっと、昔からさかのぼって、考えた。お前の泣きそうに笑う顔とか。目が合うたび、嬉しそうに細める目とか。そういうのがなんでこんなに気になるのかなとか」

まさかこんな告白を、江沢の口から聞く日が来るとは思いもしていなかった。

「お前からくる電話も、毎晩待ってた」

「…本当に？」

呟くと、江沢は『こんなことで嘘言ってどうするよ』と、苦笑した。

「そのくせ電話したあとで、一人になると、夜中に突然メチャクチャ走り出したくなる。わーって声を上げて、会いに行きたくなる」

——自分と同じだ。

いつも、そんな風な気持ちで江沢との電話を切っていた。

「そういうのも全部、同情だと思うか?」

尋ねられて、喉の奥が焼けるように熱くなった。

「なんか、告白されて、その気になるなんてすげー単純でバカみたいだけどさ」

ぐっと唇を噛み締める。

「……ごめんな。カッコとか付けてないで、俺ももっと早く言えばよかったな」

必死で噛み締めているのに、堪えきれずに、涙が溢《あふ》れた。

「俺も、お前のこと、もうとっくに好きだったよ」

堪えきれず零《こぼ》れた涙を、江沢は笑ってその指でそっと拭《ぬぐ》ってくれた。

その肩を、きつくきつく抱きしめる。

「……江沢が好き」

「…知ってる」

「ずっと、ずっと好きだった」

「……それも知ってる」

けれども指で触れることなど叶《かな》わない、月のような人だと思っていた。

いまさらすぎる何度目かの告白を、江沢はじっと黙って聞いていた。

「……そんな風に思ってんなら、もっと前みたいにがっつけよ」

江沢はそう言うと生方に抱きついてきて、耳たぶに触れる距離で『俺だって、すごく好きだ』と囁《ささや》いた。

濡れた服はなかなか脱がせにくくて、四苦八苦しながら互いの服を脱がせ合った。

自分で脱いだほうがいっそ早いと思うのに、離れるのが嫌で、キスを繰り返しながら相手の服のボタンを外していく。

こうして触れ合うのもすでにはじめてではないのに、一か月ぶりだからか、それとも以前とは違って江沢からも求められていると分かるからなのか、その手が肌を滑るだけで頭の中がガンガンするくらい興奮した。

焦ってがっつくようにあちこちキスする生方に、江沢は『逃げねーってば』と笑いながらも、好きにさせてくれる。

それだけでも目眩《めまい》がするほど嬉しくて、生方はシャツを落とした肌に吸い付くように、キスをした。

「江沢…」

「ん…」

あちこち弄《いじ》られながらキスを繰り返されて、さすがに少し江沢の息も上がっている。

「あの……跡、つけちゃうかもしれないけど、平気?」

多分、今日は手加減などできない。

「…いちいち聞くなって」

「うん。でも、聞いておかないと…」

いまだって夢中なのだ。

自分のものだという印を付けてしまいたくて、きっと止まらなくなる気がする。そう思って前もって尋ねたのだが、江沢はただ苦笑しただけだった。

「……あんま、見えそうなとこはやめとけよ?」

それがお許しだということに気づいて、胸がきゅっとなる。

「ん…」

唇を首筋から鎖骨へ移動させていき、胸の少し上をきつく吸うと、ほんのりと赤い跡がつくのがぼんやりと暗闇の中で目に映った。

お返しとばかりに肩口に軽く歯を立てられて、背筋がぞくぞくする。

江沢のことを好きすぎて、食べてしまいたいと思ったことは何度もあるけれど、江沢から食べられてしまいそうだと感じることが、こんなに嬉しいものだとは思わなかった。

焦る気持ちはあったが、丁寧に、指の先から爪先まで、撫でていく。

前回同様、江沢は生方がどこに触れても嫌がらなかった。

唯一、足の爪先を口に含んだ瞬間だけ、江沢は『バカ。んなとこまで舐めるな』と叱ったけれど、生方がしゅんとなったのに気づいてからは、『分かった。もう、好きにしろ…』とやっぱり、なにもかもを許してくれた。

そういうところも、たまらなく可愛いと思う。

やられっぱなしは性に合わないと、同じように生方の身体に触れてくる手に、熱くなった下半身をそっと撫で上げられ、あっという間に高められる。

「ちょ、ちょっと待って…！」

「…なんでだよ」

「そ、それはちょっと、待って…」

口でされそうになったときは、さすがに焦って押しとどめてしまったけれど、江沢には『お前だってしてただろうが』と、拗《す》ねたように文句を言われた。

「……でも今、そんなことされたら、死んじゃいそう…」

恥を承知で正直な気持ちを告げた途端、なぜか肩で笑われてしまったけれど。

「なら、また今度な」

……また今度。

そう約束してもらえただけでも死ぬほど幸せなのだと、きっと江沢は気づいていないに違いない。

全身に触れて、その合間にキスをして。

お互いの手で高めあって、またキスをして。

「……中も、触っていい？」

さすがにそろそろ堪えきれなくなって、内股にキスをしながら尋ねると、江沢は途切れ途切れの呼吸の合間に、こちらをじろりと見上げてきた。

赤くなった目元が、凶悪なほど色っぽい。

「…だ、から。い、ちいち聞くなって」

「うん。でも、聞いておかないと…。いろいろ、間違えたりしたくないから」

「間違えるって…、なにをだよ」

「江沢には……嫌われたくないんだ」

呟くと、『……いまさら、嫌いになんかなれるかよ』と口の中で、江沢が小さく囁いた。

それに感謝を込めたキスをして、そろりと手を伸ばしていく。

驚きだったのは、江沢が枕元からそれに必要なものを取り出してきたことだ。どちらがどう使うかは不明だったとしても、用意しておいてくれたらしい。

……本気で、江沢は自分とすることを、ちゃんと前々から考えていてくれていたのだと知ったときは、思わず震えるほど感動してしまった。

慣れない手つきながらも、傷つけないように慎重に身体を探り、指を増やしていく。

熱くてきつすぎるそこに、本当に自分のものが入るのかどうか自信がなかったけれど、ときおりきゅっと締め付けられる部分があったりして、その反応に夢中になった。

「あの…江沢？」

「……っ？」

「ここ…いいの？」

「…な…に」

「ここ、指でこすりつけるようにすると、すごい…びくびくってする」

言いながら指を動かすと、腰が跳ねる。

うねるようにねじれた腰の動きに、生方は頭の中が沸騰するような錯覚を覚えた。

「…う…っせ」

「奥も……いいんだ？」

「だから、い…ちいち、実況中継、すんなって…」

「ご…ごめん」

「…く…そ」

「江沢？」

「……っ」

ふっと苦しそうに息を詰める横顔が、凄絶に色っぽい。

「ごめん…。きつかった?」

もしかしたら辛いのだろうかと思って指の動きをとめると、その途端、下からじろりと睨み上げられた。

ついで、ぐいと頭を強く引き寄せられて、噛みつくようにキスを奪われる。

「……だ、からっ、焦らして…んじゃねー…てば」

「え…っ?」

「早…く、なんとか…しろ…」

「…いいの?」

「い…ちいち…聞くなよ。お前の…好きにしていいから…」

「うん」

汗の浮いた額に口づけながら、『ごめんね』と小さく口の中で謝った。

そのままゆっくりと身体を重ねていくと、狭い入り口は生方を待ちかねたように、じわりと受け入れてくれる。

熱くて柔らかなそこにすべてを包まれた瞬間、かっと灼熱のような情熱が生方の全身を駆け巡った。

「江沢。江沢…江沢」

名を呼びながら、ゆっくりと腰を動かすと、それに合わせて腰が跳ねる。泣き出しそうに歪めた目元が可哀そうでたまらないのに、もっと泣かせてしまいたくなる。そんな不思議な衝動に突き動かされるようにして、生方ははじめて知る快楽に夢中になった。

深く、犯してしまいたい。

そんな凶暴な衝動と同時に、優しくしたい気持ちもたしかにある。

自分に犯されて、熱い吐息を漏らして腰を揺する江沢を見ているだけで、目の奥がチカチカと光り、頭の中がハレーションを起こしていく。それでも腰を掴む手は緩められずに、生方は深く誰も知らないところまで江沢を欲しがった。

決して柔らかくも、細くもない、普通の男の身体。なのに、こんなに興奮する相手を他に知らない。

胸にそっと歯を立てると、ぷつりと膨らんだそこが口の中で柔らかく蕩《とろ》ける。

「ふ……っ、……くっ、生…方」

微かなあえぎ。

その合間に囁かれる自分の名前。

それに夢中になって、生方は何度も何度も江沢の唇にキスを繰り返した。

その間も、ずっと江沢は生方の身体を抱き返してくれていて、それだけで生方はたまらなく幸せだと、そう思った。

結局、一度はじめてしまったら、それまで必死で抑えていた感情や気遣いなど、どこかへ吹っ飛んでしまっていたらしい。

壁が薄いことも忘れて睦み合い、江沢が許してくれる限り何度でも欲しがることをやめられず、生方は自分の中に潜んでいた激しい飢餓感を改めて思い知らされた。

昼も夜もなく、触れていたい。

そう思う気持ちは相変わらずで、すべてが終わってからも、生方は江沢にピタリと貼り付いたまま、離れなかった。

これまでと打って変わったようなべたべたぶりに、江沢は疲れ顔で少々呆れていたようだったが、それでも結局最後は生方の好きにさせてくれた。

ユニットバスの狭苦しい風呂にも一緒に入り、その髪を洗って、身体を流す。

もはや下にも置かない歓待ぶりに、さすがに江沢もぐったりした様子で、『お前…疲れてないの？』と尋ねてきた。

「どうして？」

「あんなにはりきったあとで、よくまぁそこまで動けるなと思って…」

心配してくれているのかと思ったら、それだけで顔が崩れそうになる。

「全然平気。今ならなんでもできそう。っていうか、一晩中入れてたいぐらい」

「バカ。そんなの……俺が死ぬだろ」

「うん。それは困るからやらないけど…」

生まれてはじめて手に入った、大切なもの。

死ぬほど大事にしたいと思っている。

せっかく客用布団を用意してくれてはいたものの、どうしても離れ難くて、一緒のベッドに潜り込んだ。

狭苦しいとぶつぶつ文句を言いながらも、隣を空けてくれる江沢はやっぱり、優しいと思う。

それから少し、話をした。

お互いに離れてからのことや、毎晩の電話を江沢も楽しみにしていてくれたこと。

それから白井のことも。生方の片想いの相手が江沢だと知りながら、わざと楽しんで茶々を入れにきたことも。

「でもやっぱ、悔しいなー」

「なにが?」

「今更だって分かってるけど、やっぱりお前と離れてた時間がさ。……どうせなら、プライドがどうのなんて放っておいて、もっと早く謝って、ずっと一緒にいりゃよかったよ」

「……江沢」

「そうしたら、お前を一人にしないですんだもんな。お前が一番きっついとき、隣にいたのが自分じゃないのが、やっぱすげー悔しい。あの人の話聞いたとき、メチャクチャ腹が立ったんだよな。そこは俺の場所だったのにって」

そんなことを言ってくれるなんて思いもしていなかった。

自分も、できるなら江沢の隣でずっと一緒にいたかった。

でも、そこにいたるまでの時間も、二人にとって必要な時間だったのだろうとも、今ならなんとなくそう思えた。

離れていた時間があったからこそ、生方は改めて江沢の存在がないことを寂しく思い、江沢もそう感じてくれたのだろうから。

「俺はさ……、じいちゃんが死んだときにさ、ああ、これでとうとう一人ぼっちになったんだなーって思ったけど」

この世で、たった一人きり。

世の中に死ぬほどたくさんの人はいても、自分のために真剣に泣いてくれたり、怒ってくれる人はもうどこにもいないのだろうと。

「でも……違ってたね」

「当たり前だ。つーか、そんなのうちのお袋や芹菜《せりな》に聞かれてみろ。お前、ぶっとばされるぞ」

「あはは。それは、かなり怖いね」

「俺も、今度そんなことを口にしたらぶっ飛ばす」

「…うん。ごめん」

「また、俺から離れようとしても、ぶっ飛ばす」

「うん」

「……俺は、お前ともう離れたくないんだよ」

そんなことを言ってくれるなんて、まるで神様みたいだと思った。

江沢、江沢、江沢。

君だけだ。そんな風に、自分を引き留めてくれる人は。

きっかけは、自分の失言だったけれど、それを機に江沢から離れると決めたとき、自分で決めたくせに、心が生きたまままちぎれたと思った。

そのまま、塞がれることなく穴が空いたまま生きていくことになるのだろうと。

こんな風に、抱きしめて眠れる夜が来るなんて思ってもいなかった。

そっぽを向いたままの背中が愛しい。

抱きついて、首筋にキスをすると、腕の中の身体がくすぐったそうに身じろいだ。

「生方、おい。……今日は、もうさすがに勘弁しろよ」

それでもぎゅっとしつこく抱きしめてくる生方に、少しだけ不穏なものを感じたのか、江沢が疲れたようにぼやきをもらす。

「うん」

「……ったく、もうだめだっつったのに、何回もしつこくしやがって」

「…ごめん。もしかして、どこか痛くした？」

慌てて身体を起こすと、江沢はぷいと横を向いて『そういう意味じゃねーよ』と呟いた。

「あんなの……、癖になったらどうすんだ。…このむっつりスケベ。お返しに今度、お前にも同じことしてやろうか？」

「いいよ」

あっさりと答えると、なぜか江沢のほうが呆れたように目を細めた。

「……いいのかよ」

「俺は、江沢とできるならなんでもいいから」

「……あっそ」

正直な気持ちを伝えると、江沢はぷいと背中を向けてしまった。それに胸がほわっと熱くなる。

最近、なんとなく分かってきた気がする。

江沢は照れると、ひどく素っ気なくなるらしい。

それは嫌だからじゃなくて、彼らしい照れ隠しなのだろう。

そんな恋人の隣で、生方は身体を丸めると、今度こそ自分も静かに目を閉じた。

すごく満たされた気分だった。

そうして、そのまままうとうとしはじめたとき、閉じた瞼《まぶた》のすぐ下に、なにか温かなものが触れたことに気がついた。

ぱちっと目を開くと、すぐ目の前に江沢の顔がある。それに微かに驚く。

「今…なにしたの？」

江沢は悪戯《いたずら》が見つかった子供のように、なぜかばつが悪そうな顔をしていた。

「……狸《たぬき》してんなよ」

「いや別に、狸寝入りをしてたわけじゃなくて…。っていうか、江沢、今…」

「……いいじゃねーか、それくらい。お前は俺のなんだろうが」

それはまったくそのとおりで、なんの異論もないのですが。

でも、今……間違いでなければ、唇が触れていましたよね？

「お前の……その、泣きボクロ見るたび、いつもなんかそうしたいって、思ってたんだよ。悪いか」

照れくさそうに向けられた背中。

それをきつく、抱きしめる。

背後から抱きついてくる生方に、江沢ははじめこそうざったそうにもがいていたが、やがてその腕の中で大人しくなった。

寝ている相手のどこかに、そっと起こさず口づけてみたい。

そう自然と願う気持ちなら、生方だって知っている。その気持ちが、どこからやってくるのかも。

胸の一番温かな場所。そこから泉のように突然わきおこる、愛しさ。それを、自分にも向けてくれるのか。

そう思ったら、熱いものが江沢の肩口を濡らした。

「だから……いちいち、泣くんじゃねーよ」

「うん。なんか……嘘みたいに幸せで。今なら死んでも、後悔ないかも…」

「ふざけたこと言ってんな」

『バカ』と言いながら、振り返った江沢は、その手でぐいと生方の頭を引き寄せると、もう一回キスしてくれた。

「簡単に、死ぬとか言うな。……俺をこんな気持ちにさせた、責任とれよ」

「うん」

はじめて知った。

好きな人に好きと言える幸せ。

好きな人に、好きだと言ってもらえる幸せ。

タオルケットからこぼれる肌が、月の色に照らされて青白く光って見えた。それが遠い昔に眺めるだけだった夕焼けの記憶と、微かにダブる。

シーツの上に投げ出されていた江沢の指先をそっと握りしめ、おまじないのようにその手の先に口づける。

「…んだよ」

「幸せでも、胸が痛くなるんだなぁと思って」

呟くと、江沢は『変なヤツ』と言いながら、またくすくすと小さく笑った。

あのころ、触れることすら叶わなかった長い指先。

それに触れても、気持ち悪がられたりしない。

好きなだけその横顔を眺めていても、嫌がられることもない。

触れることも、キスすることも自由にしていいなんて。

――天国にいるみたいだ。

君と出会えて、どんどん幸福になっていく。

心からそう思えることに深く感謝しながら、生方はもう一度『好きだよ』と囁いた。

恋人たちの休日

朝の気配にふっと目を開けると、すぐ目の前にふわふわとした柔らかそうな髪があった。

生方《うぶかた》は、いまだ夢の中にいるらしい。

すっと通った鼻筋に、目元には小さな泣きボクロがひとつ。

……やっぱ、いい男だよな。

その寝顔をまじまじと見下ろしながら、江沢《えざわ》は頭を起こすと片肘を付いた。

男の自分ですら、ときに見惚れそうになるほど整った顔立ちをしているこの幼なじみは、なぜか昔から自分のことが好きで好きで、たまらなかったらしい。

今も生方は江沢から少しでも離れるのを恐れるみたいに、その長い手足を絡めたまま、すうすうと穏やかな寝息を立てている。

世の女性達が目にしたら、なにかが間違っているとぼやきそうな姿だったが、江沢としてもいまさらこのポジションを、誰かに譲るつもりは毛頭なかった。

「ん…」

目にかかっている前髪をそっと掻き上げてやると、唇から小さな寝息が零れ落ちた。

そんなささやかなことが、胸につまる。

長い睫毛《まつげ》に縁取られた生方の目元は、微妙に赤く染まっている気がする。昨日、眠りにつく前、また少し泣いていたからかもしれない。

——そういやこいつって、昔からこんなに泣き虫だったっけ？

再会してからというもの、なんだか自分はよく生方の泣き顔を見ている気がする。江沢の記憶の中の生方といえば、いつも笑ってばかりいたはずなのに。

たとえば誰かの悪戯で思い切り転ばされたときでも、生方は『いいよいいよ。別にケガしたわけじゃないし』と笑って流してやるような男だった。そんな彼に自分は『鈍いやつだな』と呆れたフリをしながらも、その強さやおおらかさにこっそりと憧れめいた気持ちすら抱いていたのだが。

でも……そんなイメージは、ただの思い込みに過ぎなかったのかもしれないと、江沢は最近になって、ようやくそう思いはじめていた。

生方はたぶんいつもそうやって笑いながら、自分ではどうにもならない世の中の色々なことに折り合いを付けたり、諦めたりして生きてきたのだろう。たった一人きりで。

きっとあの母親のことも、そのひとつなのだ。

実の母親から切り捨てられたと知ったあのとき、『仕方がないから』と諦めたように笑って言った生方に、江沢は無性に腹が立って腹が立って仕方がなかった。

そして同時に、ものすごく悲しくなった。

——お前……、ずっとそんな風に生きてきたのか。

無視されても、存在すら否定されても、『仕方ない』『しょうがない』って。

そう思ったらたまらなくなって、怒鳴りつけてしまったけれど。本当にあのときムカついていたのは生方に対してじゃない。彼の隣にいながら、そうしたことに気づけなかった自分自身に対してだった。

そんな生方が、江沢だけは諦めきれなかったと静かに泣いた。

どうしても諦め切れずに、ずっと好きだったのだと。

――自分はちゃんと、その意味を知らなくちゃいけない。

彼の孤独も。十年越しの、想いの深さも。

無防備に自分に抱きついて眠る男の顔を、飽きもせずじっと眺める。

以前、生方が江沢の好きなところをひとつひとつあげてくれたことがあったが、今ならその気持ちがなんだかよく分かる気がした。

綺麗な顎のライン。シャープな耳の形。

優しい笑みがよく似合う唇は、今はうっすらと開かれている。

昨夜、それにさんざんっぱらキスをされたせいか、見ているうちになぜか喉の奥が乾くような錯覚を覚え、江沢はぺろりと自分の唇を湿らせた。

親友だったはずの男の寝顔に、こんな風に欲情する日が来るなんて、夢にも思っていなかったけれど。

その変化は決して嫌なものではなく、新鮮な驚きとともに江沢の中で生まれてきた、ごく自然な感情だった。

泣きながら『…死ぬほど好き』と言われて、心が震えた。そんな風にして恋がはじまることがあることを、江沢は生まれて初めて知った。

思わず吸い寄せられるように、目の前の唇に顔を近づけていったそのとき、どこかでいきなり激しく軽快な電子音が鳴り出した。

それに、小さな舌打ちが漏れる。

「……ったく。朝っぱらから、誰だよ」

せっかく生方が安心したように寝入っているというのに、起こしてしまうではないか。

いくら八時過ぎとはいえ、日曜の朝だ。

休日くらい、ゆっくり眠らせろと慌ててベッドの上で身を起こした江沢は、昨夜脱ぎ散らかされた服の合間から、鳴り続けている携帯を探し当てた。

「はい？」

『もしもーし。江沢？　おはよ』

「……相川《あいかわ》かよ…」

『なによ、そのぶすったれた声』

我ながら不機嫌そうな声だったなと思うが、それくらいでひるみもしない元同級生は、電話の向こう側で『もしかして寝起きなの？』と聞いてきた。

「ああ。今起きたばっか」

『ごめんごめん。でもさー、せっかくのいいお天気だよ。勿体ないからもう起きたら？』

謝りながらも、まるきり悪いとは思っていなさそうな声で、あっけらかんとそう言い放った友人にこっそりと溜め息を吐く。

……いったい、なんの用なんだ。

そんな江沢の心の声を聞きつけたかのように、紀子《のりこ》は電話の向こう側で『ねぇ』と口を開いた。

『この前、店で会ったとき一緒にいた生方君って、もう地元に帰っちゃった？』

ふいに隣で寝ている男の名を出されて、どきりとする。

こちらの状況など相手に分かるはずもないのに、たった今、素っ裸のまま隣で寝ている状況を見透かされてしまったみたいな気恥ずかしさを感じて、江沢は小さく喉の奥で咳払いをした。

「……いや。……あいつなら、まだうちに泊まってるけど？　なんで？」

『よかった。じゃあ、今日こそ一緒に遊びに行かない？』

……そうきたか。

突然の遊びのお誘いに目を細める。

「いきなり言われても、無理だろ」

『えー、なんでよ。埋め合わせしてねって、この前言っといたじゃない。江沢も今日はお休みなんでしょ』

たしかに、先日店でそんな話はした気もするが、さすがにこのかったるい身体を抱えたまま、出かける気にはとうていなれない。

なにより、あと二、三日もすれば、生方はまた地元に帰ってしまうのだ。残された恋人との休日を、他人に邪魔されて過ごしたくはなかった。

「生方にだって予定はあるだろうし…」

『じゃあ、彼にも聞いてみてよ』

「いやー……」

江沢としては、できればごめん被《こうむ》りたい話だ。

こんな話を生方にふったら、あのお人好しのことだ。『この前は断っちゃったから、今日はつきあってもいいよ』などと言い出しかねない。

ここは穏便に、なんとか適当に流して電話を切るしか……と思ったちょうどそのとき、背後からすっと腰を抱くように腕が伸びてきた。

「な…っ」

振り返ると、いつの間にか目を覚ましていたらしい生方が、江沢を見上げてにこっと笑った。蕩けそうな微笑みで、『おはよう』と囁かれてうっと声を詰まらせる。

もしかして、今の話を聞かれていただろうか…。

『江沢？　どうかした？』

「いや…」

電話越しに名を呼ばれて、江沢が慌てて落ちそうになった携帯を持ち替えると、紀子は勝手に本日の計画をぺらぺらと話しはじめた。

『ねー。私が車を出すからさ、多摩川《たまがわ》のほうにバーベキューでもしに行こうよ。昔、ゼミのみんなともよく行ったじゃない。こっちも他に女の子を連れて行くし。是非、生方君にも参加してもらいたいなって…』

それに耳を傾けている隙に、ベッドの上で起き上がった生方が、背後から江沢の身体を抱き寄せてきた。

肩口に唇を押しつけられて、びくりと全身が跳ねる。

そのままゆっくりと移動してきた唇に項のあたりを強く吸われ、江沢は慌てて背後を振り返ると、唇だけで『ちょっと、待ってろ』と呟いた。

『江沢？　なによ』

「いや、別に。こっちの話…で、……ひぁ…っ」

なんでもないと言おうとした瞬間、悪戯な唇に耳たぶをカリと噛まれる。

同時に身体に巻き付けられていたその手に、内腿のあたりを撫で回されては、さすがに黙ってはいられない。

真っ赤な顔で再び振り向いた江沢は、電話口を片手で覆うと、『大人しくしてろっつってんだろ！』と小さな声で生方に向かって囁いた。

さすがにそれ以上は、江沢を怒らせるだけだと生方も理解したらしい。

きつく睨み付けると、しゅんとした生方は、江沢を抱きしめたまま気まずそうに目を伏せた。

その額がとんと肩口に乗せられる。

「…行かないで」

聞き取れないぐらいの、かすかな声。

それが肩口から伝わってきて、江沢はふっと溜め息を吐くと、携帯に向かって『悪い』と素直に謝った。

『え、なにがよ？』

「言ってなかったけど。俺もアイツも今、決まった相手がいるんだよ。だからただの遊びでも他の女の子たちと出かけるのはまずいっつーか、誤解されるようなことしたくない。……せっかく誘ってくれたのに、ごめんな？」

いつまでも、ああだこうだ言っててもはじまらない。

正直にすっぱりと告げると、電話の向こうで『え…』と一瞬固まっていた紀子は、はぁと大きな溜め息を吐き出した。

『そうなんだー。残念』

「先に言っとかなくて悪かったよ。今度、コンパの予定とかあったら、うちの会社の男達を誘っとくからさ」

『了解。じゃあそのときは、是非かっこいい人よろしくね』

もともと切り替えの早い紀子はそう言って笑うと、ついでに『生方君にもよろしく伝えといて』と告げ、あっさりと電話を切った。女性にしては、さばさばとしているところも、江沢としてはつきあいやすい相手だ。なのに悪いことをしてしまった。

だが……今、問題なのはそこではない。

江沢は携帯をぽんと放り投げると、振り向きざま傍にあった枕を振り上げ、背後の男に向かって投げつけた。

「生方。テメー、電話中に余計なことしてんじゃねぇよ。変な声が出ただろうが…っ！」

「え…可愛かったと思うけど？」

小っ恥ずかしいことを真顔で言い返されてしまい、再びゆらりと枕を持ち上げる。

それを目にして、さすがに失言だったと気づいたのか、生方は慌てて両手をあげた。

「……ごめん。でも…、できたら行かないで欲しかったから」

言いながら、そんな飼い主に置いて行かれる犬のような顔をしないでほしい。

怒鳴りつけてやろうとしていた気持ちが、みるみるうちに音を立ててしぼんでいってしまう。

それに仕方なく、江沢ははぁと溜め息を吐き出した。

「最初から、行くつもりなんかこれっぽっちもねーよ」

「え？　本当に？」

「つーかだいたい、あの誘いのメインは俺じゃねーだろが…」

だが生方のほうは、紀子の意図などまるで気づいていなかったらしい。

江沢が『最初から行くつもりがなかった』と告げた途端、ぱあぁと顔を輝かせた恋人に、江沢はうんざりとしたような気持ちで言葉を詰まらせた。

……これだから、顔のいい男というのは困る。

そんな風に蕩けそうな顔で微笑まれたら、なにも言えなくなってしまうではないか。

江沢はそんな自分に白旗を揚げると、手の中の枕をぽんと放り投げた。

これまで他人のことばかり優先していた生方が、はじめて自分から江沢に関して、恋人の権利を主張したのだ。

それを思えば、多少のことには目を瞑《つむ》るべきなのだろう。

「あーあ。ったく、悔しいけどな。なんか周りの女子が、お前を見るたびああやっていちいち騒いで寄ってくるのも、なんか分かった気がするわ」

「……どういう意味？」

「んー？　やっぱ男前って得だよなと思って」

「へ？」

「その顔でそうやって笑われると、もうなんでもいいかって気にさせられるもんな」

言いながら、江沢は悔し紛れに目の前の唇へ音を立ててちゅっとキスをした。

「……っっ」

その瞬間、生方は首筋まで真っ赤になって固まった。

……変なヤツ。もっときわどいことも昨夜さんざんしただろうに。

江沢からのアプローチにいまいち慣れていない生方は、江沢がなにか行動を起こすたびに、いちいちこうして真っ赤になってはあわあわしたりする。

それが可愛いと言えば、可愛くもあるのだが。

「……男前なのは、江沢のほうです」

言いながら、倒れ込むようにして抱きついてきた恋人は、江沢の身体を痛いほどぎゅっと抱きしめた。

あとがき

こんにちは。可南《かなん》です。キャラ文庫様でははじめまして。

なのにいつもどおり、趣味がもりもりなお話になっていてすみません…。高校生だったり、再会ものだったり、幼なじみだったりが大好きです（きっぱり）。

時間とページが許されるのならば、二人の高校生時代もがっつり書いてみたかったぐらいです。

ただいつもとちょっぴり違うのは、攻めらしき人のほうが、乙女で一途で泣き虫だったことでしょうか。その分、受けらしき人のほうが男らしい感じになりました。

らしき、というのは、書いているうち『この二人の場合どちらでもいいのでは…？』と思っていた名残だと思います。

『いっそリバでもいいですか』と担当様にご相談してみたのですが、やはり決めた方がみなさん迷わずに済むでしょうということで、最初の予定どおりに落ち着きました。

そんな感じで、雑誌掲載時より色々とお世話になりました担当様。

本当にお世話とご迷惑をおかけいたしました。おかげでなんとかまとまりそうで嬉しいです。

土壇場で『やっぱりショートつけたいです』とか我が儘言ってすみません。

また、とてもお忙しい中、雰囲気のある素敵なイラストを付けてくださった木下《きのした》けい子《こ》さま。素敵な二人をありがとうございました。へたれなのにかっこいい王子様な生方《うぶかた》も、普通っぽいのに妙に男らしい江沢《えざわ》も、ものすごく素敵で嬉しいです。

それからこの本を手にとってくださったり、いつも応援してくださる皆様へ。本当にありがとうございます。

昨年よりいろいろなことが続き、なかなか思うように進まない毎日の中、いまだになんとかやらせていただいていることをありがたく思っています。

これからものんびりペースではありますが、できる範囲でちまちまと頑張っていきたいと思います。よろしくお願いします。

ではではまた。

二〇一二年　初夏　可南さらさ

この本を読んでのご意見、ご感想を編集部までお寄せください。

《あて先》〒105－8055　東京都港区芝大門2－2－1　徳間書店　キャラ編集部気付

「左隣にいるひと」係

■初出一覧

左隣にいるひと……小説Chara vol.24（2011年7月号増刊）
右隣の恋人……書き下ろし
恋人たちの休日……書き下ろし

Chara

左隣にいるひと

【キャラ文庫】

2012年6月30日　初刷

著者　可南さらさ
発行者　川田 修
発行所　株式会社徳間書店
〒105-8055　東京都港区芝大門2-2-1
電話048-451-5960（販売部）
03-5403-4348（編集部）
振替00140-0-44392

印刷・製本
カバー・口絵　株式会社廣済堂
デザイン　佐々木あゆみ

ISBN978-4-19-900669-2

キャラ文庫既刊

■英田サキ
[DEADLOCK]
[DEADHEAT DEADLOCK2]
[DEADSHOT DEADLOCK3]
[SIMPLEX DEADLOCK外伝] CUT高階 佑

[恋ひめやも] CUT小山田あみ
[ダブル・バインド]全4巻 CUT葛西リカコ

■秋月こお
[王朝春宵ロマンセ]
[王朝夏曙ロマンセ 王朝春宵ロマンセ2]
[王朝秋夜ロマンセ 王朝春宵ロマンセ3]
[王朝冬陽ロマンセ 王朝春宵ロマンセ4]
[王朝唐紅ロマンセ 王朝ロマンセ外伝]
[王朝月下繚乱ロマンセ 王朝ロマンセ外伝2]
[王朝綺羅星如ロマンセ 王朝ロマンセ外伝3] CUT唯月 一

[要人警護]
[特命外交官 要人警護2]
[駆け引きのルール 要人警護3]
[シークレット・ダンジョン 要人警護4]
[暗殺予告 要人警護5]
[日陰の英雄たち 要人警護6] CUT緋色れーいち
[幸村殿、艶にて候]全7巻 CUT九號
[スサの神謡] CUT稲荷家房之介
[超法規レンアイ戦略課] CUT有馬かつみ

■洸
[機械仕掛けのくちびる] CUT須賀邦彦
[刑事はダンスが踊れない] CUT香雨
[花陰のライオン] CUT宝井さき
[黒猫はキスが好き] CUT汞りょう
[囚われの脅迫者] CUT DUO BRAND.
[深く静かに潜れ] CUT長門サイチ
[パーフェクトな相棒] CUT亜樹良のりかず
[好みじゃない恋人] CUT小山田あみ
[ろくでなし刑事のセラピスト]

[オーナー指定の予約席] CUT新藤まゆり
[捜査官は恐竜と眠る] CUT須賀邦彦
[サバイバルな同棲] CUT有馬かつみ
CUT和鐵屋匠

■いおかいつき
[恋愛映画の作り方] CUT高久尚子
[交番へ行こう] CUT桜城やや
[死者の声はささやく] CUT亜樹良のりかず
[美男には向かない職業] CUT DUO BRAND.
[好きなんて言えない!] CUT有馬かつみ
[隣人たちの食卓] CUTみずかねりょう

■五百香ノエル
[GENE《ゲーン》]シリーズ全9巻 CUT金ひかる
[FALCON ~記憶の迷図~] CUT有馬かつみ

■池戸裕子
[部屋の鍵は貸さない] CUT鳴海ゆき
[恋人は三度嘘をつく] CUT新藤まゆり
[特別室は貸切中] CUTともさか高子
[容疑者は誘惑する] CUT梅沢はな
[狩人は夢を訪れる] CUT汞りょう
[夜叉と獅子] CUT羽根田実
[工事現場で逢いましょう] CUT有馬かつみ
[お兄さんはカテキョ] CUT汞りょう
[官能小説家の純愛] CUT一ノ瀬ゆま
[小児科医の悩みごと] CUT新藤まゆり
[無法地帯の獣たち] CUT新井サチ
[管理人は手に負えない] CUT黒沢 椎
[鬼神の囁きに誘われて] CUT黒沢 椎

■烏城あきら
[発明家に手を出すな] CUT長門サイチ
[スパイは秘書に落とされる] CUT羽根田実
[檻 -おり-] CUT今 市子

■榎田尤利
[ゆっくり走ろう] CUTやまかみ梨由
[歯科医の憂鬱] CUT高久尚子

[ギャルソンの躾け方] CUT宮本佳野
[アパルトマンの王子] CUT緋色れーいち
[理髪師の、些か変わったお気に入り] CUT二宮悦巳

■音理 雄
[先生、お味はいかが?] CUT三池ろむこ

■鹿住 槇
[ただいま同居中!]シリーズ全2巻 CUT夏乃あゆみ
[独占禁止!?] CUT宮城とおこ
[ヤバイ気持ち] CUT穂波ゆきね
[遺産相続人の受難] CUT鳴海ゆき
[兄と、その親友と] CUT夏乃あゆみ

■華藤えれな
[フィルム・ノワールの恋に似て] CUT小椋ムク
[黒衣の皇子に囚われて] CUT Ciel

■可南さらさ
[左隣にいるひと] CUT木下けい子

■川原つばさ
[泣かせてみたい①~⑥]
[ブラザー・チャージ 泣かせてみたいシリーズ]
[キャンディ・フェイク 泣かせてみたいシリーズ2] CUT禾田みちる
[プラトニック・ダンス]全6巻 CUT沖麻実也

■神奈木智
[地球儀の庭] CUTやまかみ梨由
[王様は、今日も不機嫌] CUT雁川せゆ
[その指だけが知っている]
【左手は彼の夢をみる その指だけが知っている2】
【くすり指は沈黙する その指だけが知っている3】
【そして指輪は告白する その指だけが知っている4】

キャラ文庫既刊

【その指だけは眠らない】その指だけが知っている5　CUT小田切ほたる
【ダイヤモンドの条件】シリーズ全3巻　CUT須賀邦彦
【無口な情熱】　CUT椎名咲月
【征服者の特権】　CUT明森びびか
【御所泉家の優雅なたしなみ】　CUT円屋榎英
【甘い夜に呼ばれて】　CUT不破慎理
【密室遊戯】　CUT羽根田実
【若きチェリストの憂鬱】　CUT二宮悦巳
【オーナーシェフの内緒の道楽】　CUT新藤まゆり
【愛も恋も友情も。】　CUT香坂あきほ
【月下の龍に誓え】
【烈火の龍に誓え　月下の龍に誓え2】　CUT円屋榎英
【マル暴の恋人】　CUT水名瀬雅良
【恋人がなぜか多すぎる】　CUT高星麻子
【マエストロの育て方】　CUT夏珂

■楠田雅紀
【史上最悪な上司】　CUT山本小鉄子

■剛しいら
【雛供養】　CUT須賀邦彦
【顔のない男】シリーズ全3巻　CUT北畠あけ乃
【仇なれども】　CUT今　市子
【君は優しく僕を裏切る】　CUT新藤まゆり
【シンクロハート】　CUT小山田あみ
【命いただきます!】　CUT麻生　海
【狂犬】　CUT有馬かつみ
【盗っ人と恋の花道】　CUT葛西リカコ
【天使は罪とたわむれる】　CUT宮本佳野
【ブロンズ像の恋人】　CUT兼守美行

■ごとうしのぶ
【水に眠る月】全3巻　CUTLee
【熱情】　CUT高久尚子

■榊　花月
【ロマンスは熱いうちに】　CUT夏乃あゆみ
【永遠のパズル】　CUT山田ユギ
【もっとも高級なゲーム】　CUT汞りょう
【ジャーナリストは眠れない】　CUTヤマダサクラコ
【恋人になる百の方法】　CUT高久尚子
【冷ややかな熱情】　CUTサクラサクヤ
【狼の柔らかな心臓】　CUT亜樹良のりかず
【つばめハイツ102号室】　CUT富士山ひょうた
【夜の華】　CUT高階　佑
【他人の彼氏】　CUT汞りょう
【恋愛私小説】　CUT小椋ムク
【地味カレ】　CUT新藤まゆり
【待ち合わせは古書店で】　CUT木下けい子
【不機嫌なモップ王子】　CUT夏乃あゆみ
【本命未満】　CUTルコ
【僕が愛した逃亡者】　CUT葛西リカコ
【天使でメイド】　CUT夏河シオリ
【見た目は野獣】　CUT和鐵屋匠
【綺麗なお兄さんは好きですか?】　CUTミナヅキアキラ

■桜木知沙子
【ご自慢のレシピ】　CUT椎名咲月
【となりの王子様】　CUT夢花　李
【金の鎖が支配する】　CUT清瀬のどか
【解放の扉】　CUT北畠あけ乃
【プライベート・レッスン】　CUT高星麻子
【ひそやかに恋は】　CUT山田ユギ
【ふたりベッド】　CUT梅沢はな
【真夜中の学生寮で】　CUT高星麻子
【兄弟にはなれない】　CUT山本小鉄子

■佐々木禎子
【最低の恋人】　CUT蓮川　愛
【ニュースにならないキス】　CUT水名瀬雅良

【遊びじゃないんだ!】　CUT鳴海ゆき
【花嫁は薔薇に散らされる】　CUT由貴海里
【蜜の香り】　CUT新藤まゆり
【極悪紳士と踊れ】　CUT汞りょう
【ミステリ作家の献身】　CUT高久尚子
【僕の好きな漫画家】　CUT香坂あきほ
【弁護士は籠絡される】　CUT金ひかる
【執事と眠れないご主人様】　CUT榎本
【治外法権な彼氏】　CUT有馬かつみ
【アロハシャツで診察を】　CUT高久尚子

■秀香穂里
【くちびるに銀の弾丸】シリーズ全2巻　CUT祭河ななを
【チェックインで幕はあがる】　CUT高久尚子
【虜 ―とりこ―】　CUT山田ユギ
【挑発の15秒】　CUT宮本佳野
【誓約のうつり香】　CUT海老原由里
【灼熱のハイシーズン】　CUT長門サイチ
【禁忌に溺れて】　CUT亜樹良のりかず
【ノンフィクションで感じたい】　CUT新藤まゆり
【艶めく指先】　CUTサクラサクヤ
【烈火の契り】　CUT彩
【他人同士】全3巻　CUT新藤まゆり
【大人同士】　CUT新藤まゆり
【堕ちゆく者の記録】　CUT高階　佑
【真夏の夜の御伽噺】　CUT佐々木久美子
【桜の下の欲情】　CUT汞りょう
【隣人には秘密がある】　CUT山田ユギ
【なぜ彼らは恋をしたか】　CUT梨とりこ
【闇を抱いて眠れ】　CUT小山田あみ
【恋に堕ちた翻訳家】　CUT佐々木久美子
【盤上の標的】　CUT有馬かつみ

■愁堂れな
【身勝手な狩人】　CUT蓮川　愛

キャラ文庫既刊

[ヤシの木陰で抱きしめて] CUT片岡ケイコ
[十億のプライド] CUT汞りょう
[愛人契約] CUT水名瀬雅良
[紅蓮の炎に焼かれて] CUT金ひかる
[花婿をぶっとばせ] CUT高久尚子
[誘拐犯は華やかに] CUT神葉理世
[伯爵は服従を強いる] CUT羽根田実
[コードネームは花嫁] CUT汞りょう
[怪盗は闇を駆ける] CUT由貴海里
[屈辱の応酬] CUTタカツキノボル
[金曜日に僕は行かない] CUT麻生 海
[行儀のいい同居人] CUT小山田あみ
[激情] CUT羽根田実
[二時間だけの密室] CUT高久尚子
[月ノ瀬探偵の華麗なる敗北] CUT亜樹良のりかず
[法医学者と刑事の相性]
[法医学者と刑事の本音 法医学者と刑事の相性2] CUT高階 佑
[嵐の夜、別荘で] CUT二宮悦巳
[入院患者は眠らない] CUT新藤まゆり
[極道の手なずけ方] CUT和鐵屋匠
[捜査一課のから騒ぎ]
[捜査一課の色恋沙汰 捜査一課のから騒ぎ2] CUT相葉キョウコ
[仮面執事の誘惑] CUT香坂あきほ

■菅野 彰

[毎日晴天!]
[子供は止まらない 毎日晴天!2]
[子供の言い分 毎日晴天!3]
[いそがないで。 毎日晴天!4]
[花屋の二階で 毎日晴天!5]
[子供たちの長い夜 毎日晴天!6]
[僕らがもう大人だとしても 毎日晴天!7]
[花屋の店先で 毎日晴天!8]
[君が幸いと呼ぶ時間 毎日晴天!9]
[明日晴れても 毎日晴天!10]
[夢のころ、夢の町で。 毎日晴天!11] CUT二宮悦巳
[野蛮人との恋愛] シリーズ全3巻 CUTやしきゆかり
[高校教師、なんですが。] CUT山田ユギ

■杉原理生

[親友の距離] CUT穂波ゆきね

■春原いずみ

[とけない魔法] CUTやまねあやの
[白檀の甘い罠] CUT明森びびか
[赤と黒の衝動] CUT夏乃あゆみ
[キス・ショット!] CUT麻々原絵里依
[舞台の幕が上がる前に] CUT禾田みちる
[神の右手を持つ男] CUT有馬かつみ
[銀盤を駆けぬけて] CUT須賀邦彦
[真夜中に歌うアリア] CUT沖銀ジョウ
[警視庁十三階にて]
[警視庁十三階の罠 警視庁十三階にて2] CUT宮本佳野
[略奪者の弓] CUTCiel

■高岡ミズミ

[この男からは取り立て禁止!] CUT桜城やや
[愛を知らないろくでなし] CUT長門サイチ
[愛執の赤い月] CUT有馬かつみ
[夜を統べるジョーカー] CUT実相寺紫子
[お天道様の言うとおり] CUT山本小鉄子
[依頼人は証言する] CUT山田シロ
[人類学者は骨で愛を語る] CUT汞りょう
[僕が一度死んだ日] CUT穂波ゆきね
[闇夜のサンクチュアリ] CUT高階 佑
[鬼の接吻] CUT禾田みちる

■高遠琉加

[神様も知らない] CUT高階 佑

■月村 奎

[そして恋がはじまる] シリーズ全2巻 CUT夢花 李
[アプローチ] CUT夏乃あゆみ

■遠野春日

[眠らぬ夜のギムレット] シリーズ全2巻 CUT沖麻実也
[ブリュワリーの麗人] CUT水名瀬雅良
[高慢な野獣は花を愛す] CUT汞りょう
[華麗なるフライト]
[管制塔の貴公子 華麗なるフライト2] CUT麻々原絵里依
[砂楼の花嫁] CUT円陣闇丸
[恋は饒舌なワインの囁き] CUT羽根田実
[玻璃の館の英国貴族] CUT円屋榎英
[芸術家の初恋] CUT穂波ゆきね
[欲情の極華] CUT北沢きょう
[獅子の系譜]
[獅子の寵愛 獅子の系譜2] CUT夏河シオリ

■中原一也

[仁義なき課外授業] CUT新藤まゆり
[後にも先にも] CUT梨とりこ
[居候には逆らえない] CUT乃一ミクロ
[中華飯店に潜入せよ] CUT相葉キョウコ
[親友とその息子] CUT兼守美行

■凪良ゆう

[恋愛前夜] CUT穂波ゆきね
[天涯行き] CUT高久尚子

■鳩村衣杏

[共同戦線は甘くない!] CUT桜城やや
[やんごとなき執事の条件] CUT沖銀ジョウ
[汝の隣人を恋せよ] CUT和鐵屋匠
[両手に美男] CUT乃一ミクロ

■樋口美沙緒

[八月七日を探して] CUT高久尚子

キャラ文庫既刊

【他人じゃないけれど】 CUT穂波ゆきね
【狗神の花嫁】 CUT高星麻子

■火崎 勇
【グッドラックはいらない！】 CUT果桃なばこ
【書きかけの私小説】 CUT真生るいす
【メビウスの恋人】 CUT紺野けい子
【愚か者の恋】 CUT有馬かつみ
【楽天主義者とボディガード】 CUT新藤まゆり
【荊の鎖】 CUT麻生 海
【それでもアナタの虜】 CUT司狼 亨
【そのキスの裏のウラ】 CUT羽根田実
【お届けにあがりました！】 CUT山田シロ
【灰色の雨に恋の降る】 CUT皇ソラ
【牙を剥く男】 CUT汞りょう
【満月の狼】 CUT有馬かつみ
【刑事と花束】 CUT夏珂

■菱沢九月
【小説家は懺悔する】シリーズ全3巻 CUT高久尚子
【夏休みには遅すぎる】 CUT山田ユギ
【本番開始5秒前】 CUT新藤まゆり
【セックスフレンド】 CUT水名瀬雅良
【ケモノの季節】 CUT汞りょう
【年下の彼氏】 CUT穂波ゆきね
【好きで子供なわけじゃない】 CUT山本小鉄子
【飼い主はなつかない】 CUT高星麻子

■ふゆの仁子
【薔薇は咲くだろう】 CUT亜樹良のりかず
【ベリアルの誘惑】 CUT高階 佑
【愛、さもなくば屈辱を】 CUT汞りょう
【忘れられない唇】 CUT新藤まゆり

■松岡なつき
【声にならないカデンツァ】 CUTビリー高橋
【ブラックタイで革命を】シリーズ全2巻 CUT緋色れーいち

【センターコート】全3巻 CUT須賀邦彦
【旅行鞄をしまえる日】 CUT史堂 櫂
【GO WEST！】 CUTほたか乱
【NOと言えなくて】 CUT果桃なばこ
【WILD WIND】 CUT雪舟 薫
【FLESH & BLOOD①～⑲】 CUT①～⑪雪舟 薫／⑫～彩
【FLESH & BLOOD外伝 ―女王陛下の海賊たち】 CUT彩
【H・K《ホンコン》ドラグネット】全4巻 CUT乃一ミクロ

■水原とほる
【青の疑惑】 CUT彩
【午前一時の純真】 CUT小山田あみ
【ただ、優しくしたいだけ】 CUT山田ユギ
【氷面鏡】 CUT真生るいす
【春の泥】 CUT宮本佳野
【金色の龍を抱け】 CUT高階 佑
【災厄を運ぶ男】 CUT葛西リカコ
【義を継ぐ者】 CUT高階 佑
【夜間診療所】 CUT新藤まゆり
【蛇喰い】 CUT和鐵屋匠
【気高き花の支配者】 CUTみずかねりょう
【二本の赤い糸】 CUT金ひかる
【The Barber―ザ・バーバー―】 CUT兼守美行
【ふかい森のなかで】 CUT小山田あみ

■水無月さらら
【お気に召すまで】 CUT北畠あけの
【なんだかスリルとサスペンス】 CUT円屋榎英
【オトコにつまずくお年頃】 CUT汞りょう
【シャンプー台へどうぞ】 CUTせら
【社長椅子におかけなさい】 CUT羽根田実
【オレたち以外は入室不可！】 CUT梅沢はな
【九回目のレッスン】 CUT高久尚子
【裁かれる日まで】 CUTカズアキ

【主治医の采配】 CUT小山田あみ
【新進脚本家は失踪中】 CUT一ノ瀬ゆま
【美少年は32歳!?】 CUT高星麻子
【元カレと今カレと僕】 CUT水名瀬雅良
【ベイビーは男前】 CUTみずかねりょう

■水壬楓子
【桜姫】シリーズ全3巻 CUT長門サイチ
【シンプリー・レッド】 CUT汞りょう
【作曲家の飼い犬】 CUT羽根田実
【本日、ご親族の皆様には。】 CUT黒沢 椎
【森羅万象 狼の式神】 CUT新藤まゆり
【森羅万象 水守の守】 CUT新藤まゆり

■夜光 花
【シャンパーニュの吐息】 CUT汞りょう
【君を殺した夜】 CUT小山田あみ
【七日間の囚人】 CUTあそう瑞穂
【天涯の佳人】 CUT DUO BRAND.
【不浄の回廊】
【二人暮らしのユウウツ 不浄の回廊2】 CUT小山田あみ
【眠る劣情】 CUT高階 佑
【愛を乞う】 CUT榎本
【束縛の呪文】 CUT香坂あきほ
【ミステリー作家串田寥生の考察】 CUT高階 佑

■吉原理恵子
【二重螺旋】
【愛情鎖縛 二重螺旋2】
【攣哀感情 二重螺旋3】
【相思喪曖 二重螺旋4】
【深想心理 二重螺旋5】
【業火顕乱 二重螺旋6】 CUT円陣闇丸
【間の楔】全6巻 CUT長門サイチ

■渡海奈穂
【兄弟とは名ばかりの】 CUT木下けい子

〈2012年6月27日現在〉